ドールはお座りをしたまま、
ジッと水晶玉を見つめる。
「僕、人間になりたい！」
Illustration : Haru Suzukura

セシル文庫

甘やかされるモフモフ

伊郷ルウ

イラストレーション／鈴倉　温

甘やかされるモフモフ◆目次

甘やかされるモフモフ

第一章

浅葱《あさぎ》倉斗《くらと》が店長を務めるペットサロン〈わんにゃーランド〉は、郊外に建てられた複合商業施設ハピーネの一階にあった。

ショップ、フードコート、映画館などの施設が揃っている巨大なハピーネには、週末ともなると大勢の家族連れが足を運んでくる。

〈わんにゃーランド〉は一階の奥まった場所にあるにもかかわらず、可愛い子犬や子猫をひと目、見ようという客でいつも賑《にぎ》わっていた。

倉斗は高校卒業後にトリマーの資格を取って〈わんにゃーランド〉で働き始め、二十六歳のときに店長となり、間もなく二年目を迎える。

長袖の白いシャツに黒い細身のパンツの制服を纏い、胸当て部分に店名が入った黄色いエプロンをしていた。

均整の取れた長身で、艶やかな黒髪を短く整えている。すっきりとした髪型、精悍な顔立ちは健康的で、訪れてくる客たちの評判もいい。

「ドール、おいで」

展示スペースの扉を開けて子猫を抱き上げた倉斗は、ずっしりとした重みにため息をもらした。

「それにしても重くなったなぁ……」

美しい緑色の瞳を瞠《みは》って見上げてくる子猫は、ドールと名づけられたラグドールだ。ラグドールとはぬいぐるみを意味する。その名の如《ごと》く、ぬいぐるみのように可愛く、そして、抱っこを好む大型の長毛種だ。

躯全体を覆うのは長くて白いふわふわの毛、口元、耳、尻尾《しっぽ》の先だけが焦げ茶色に染まっていて、なんとも愛らしい。

「ふにゃぁ……」

倉斗を見つめたまま、ドールが長くて大きな尻尾をゆさゆさと揺らす。

猫は不機嫌なときに尻尾を振ると言われているが、必ずしもそうとは限らない。喜びの表現として、揺らすこともあるのだ。

「こんなに可愛いのに……」

ひとしきりドールの瞳を見つめた倉斗は、手入れをするためにトリミングテーブルへと運んでいく。

長毛種の犬や猫はコーミングが欠かせない。放っておくと、長い毛がすぐに絡まってしまうからだ。

新しい家族を求めてやってくる客たちに気に入ってもらえるよう、常に最高の状態で展示しておく必要があり、〈わんにゃーランド〉では日々、スタッフが交替で手入れを行っていた。

「なんでお部屋にいるときも愛想よくできないんだ？」

トリミングテーブルに下ろされたドールが、きょとんとした顔で倉斗を見上げてくる。

ペットショップに展示されている子犬や子猫は、概《おおむ》ね生後二ヶ月から三ヶ月だ。

新しい飼い主に馴染《なじ》みやすい月齢であり、両の掌に載ってしまうほど小さい子猫は、愛らしさが際だつ時期でもあり、ペットショップにとっては売り時といえる。

生後五ヶ月くらいになってくると、売れ残らないよう値が下げられていく。生き物ではあるが、商品である以上はしかたのないことだ。

普通は値が下がると買い手がつくものなのだが、ドールだけは違っていた。値下げをしても客に見向きもされず、とうとう生後八ヶ月になってしまったのだ。

生後二ヶ月でショップにやってきたときから世話をしてきた倉斗は、ドールが売れ残っ

た理由に見当がついている。

なにしろ見た目の可愛さに反して、まったく愛嬌《あいきょう》がない。展示スペースに入れているあいだは、躯《からだ》を丸めて爆睡しているか、客に背を向けてお座りをしているかの、どちらかなのだ。

ペットショップを訪れた客は、目が合った瞬間に心を動かされる。この子を連れて帰りたいといった衝動に駆られるのだ。

モコモコした外見がどれほどぬいぐるみのように可愛くても、目を合わすことがなければ客も惹かれない。

「おまえさぁ、ずっとここにいられないんだぞ?」

トリミングテーブルにちょこんとお座りをしているドールの長い毛をコームで梳《と》かしながら、倉斗はどうしたものかと思案する。

売れ残ったペットは八ヶ月を目処《めど》に処分するのが会社の方針だ。買い手の付かないペットをショップに置いておけば、余計な経費がかかってしまうからだった。

〈わんにゃーランド〉で働き始めてから、一度もペットを処分するという事態に陥ったことがない。

商売とわかっていても、動物が好きで選んだ仕事だから処分などしたくない。だから、どの子にも必ず新しい飼い主を見つけてあげてきた。

それなのに、よりによって自分に一番、懐いているドールが、もしかすると処分されるかもしれないという危機的状況にあるのだ。

「にゃぁ……」

言葉などわかるわけもなく、ドールはいつものように倉斗の手に顔を擦《こす》りつけて甘えてくる。

本来、ラグドールは甘えたがりで、人懐っこいことから、売れ残るなど考えられない。ラグドールとしての性質が、ドールに欠如《けつじょ》しているわけではない。ただ、倉斗にしか愛想を振りまかないのが問題なのだ。

「どうしよう……」

毎日のように世話をしてきたドールが、このまま売れ残っているようであれば、倉斗は自分の家に連れて帰りたい思いがある。

「じいちゃんがいるから無理だよなぁ……」

気持ちよさに尻尾をゆさゆさと揺らしているドールを、神妙な面持ちで見つめた。

早くに両親を亡くした倉斗は、父方の祖父と従弟の三人で暮らしている。

従弟は大学受験に失敗した浪人生で、来年の受験に向けて予備校に通うため、一時的に居候《いそうろう》しているにすぎず、基本的には祖父との二人暮らしだ。

二階建ての一軒家は広く、かつては常に猫がいた。猫が大好きな祖父が途切れることなく飼っていたからだ。

けれど、二年前に高齢の猫が死んだのを最後に、祖父はもう飼わないと心に誓った。八十二歳という自分の年齢を鑑《かんが》みてのことで、そうした祖父の思いを倉斗はよく理解している。

「でも、飼うのは俺だから……」

「店長、本社から電話です。コーミング、代わりますね」

「ありがとう」

女性スタッフにコームを渡した倉斗は、急いで事務所に向かう。

本社からの電話は珍しくない。それなのに、なにか嫌な予感がする。胸騒ぎを感じるなど初めてのことで、自然と足が速くなっていく。

「お待たせしました、浅葱です」

『管理課の佐藤《さとう》です。ハピーネ店にいる八ヶ月のラグドールはどうなりましたか？』

「あの……まだ……」

『プライスダウンは三度までですから、今月末で処分対象となりますので、販売に至《いた》らなかった場合は手続きをしてください』

「はい、わかりました」

素直に返事をしたものの、惨い現実に打ちのめされた倉斗は、やるせない思いで電話を終えた。

予感など的中してほしくなかった。わかっていたこととはいえ、気持ちが沈んでいく。

「無理だよ」

半年近くも世話をしてきたドールを処分できるわけがない。

自分にだけ懐いているドールを見捨てられない。ドールを救えるのは自分だけだ。

もう、祖父に直談判《じかだんぱん》するしかない。きっと祖父も理解してくれる。

倉斗は自らドールを引き取る決心をしていた。

＊　＊　＊　＊　＊

帰宅した倉斗は通勤に使っている大きなカバンと、ドールを入れてきたキャリーバッグをひとまず廊下に置き、祖父を説得するため書斎を訪ねていた。

神道《しんとう》考古学者の浅葱倉一郎《そういちろう》はS大学の名誉教授で、高齢ながらも矍鑠《かくしゃく》としていて、現在も非常勤講師として教鞭《きょうべん》を執《と》っている。

夢のある話がなにより好きで、いつもこもっている書斎には各国を訪れて手に入れた神秘的な置物や絵が所狭しと飾られていた。

「商売とはいえ惨いものだな」

どっしりとした椅子に腰かけている倉一郎が、なんとも言い難い表情で前に立つ倉斗を見上げてくる。

水色のワイシャツにループタイ、濃いグレーのスラックス、鼈甲縁《べっこうぶち》の眼鏡、ふんわりとした白髪。顔立ちは温和で、紳士的な雰囲気があった。

「じいちゃんだってそう思うだろう？　俺、ドールを見捨てられないんだ」

「だが、わしも歳だからなぁ……」

倉一郎が苦々《にがにが》しい顔で首を横に振る
ドールを飼うためには倉一郎の許可が必須だ。会社の方針など本当は教えたくなかったけれど、事実を打ち明けなければ説得できないと思い、すべてを話して聞かせた。

ドールの境遇には同情を示してくれたけれど、まだ倉一郎は渋っている。もう一押し必要そうだ。

「じいちゃんには迷惑をかけない、ドールは最後まで俺がしっかり世話をする。だから、飼ってもいいだろう？」

真摯な思いを口にしたそのとき、廊下からドールの鳴き声が聞こえてきた。

「うん？　もう連れてきてるのか？」

渋い顔をしていた倉一郎が、急にそわそわとし始める。

もう猫は飼わないと決めていても、猫好き故《ゆえ》に鳴き声を聞いて心が揺れたのだろう。

「じいちゃんなら、きっと許してくれると思ったから」

「まったく、おまえというやつは……」

呆《あき》れ気味に言いながらも椅子から腰を上げた倉一郎が、いそいそと廊下に出て行く。

「ありがとう、じいちゃん」

倉斗は弾《はず》んだ声をあげ、倉一郎のあとを追う。

「にゃ～ん」

可愛らしい声で鳴きながら、キャリーバッグの扉をカリカリと引っ掻いている。

生まれて初めてキャリーバッグに入れられたドールは、早く外に出たくてしかたがないようだ。

「こらこら、すぐに出してあげるから待ちなさい」

自ら廊下に膝をついた倉一郎が、キャリーバッグの扉を開ける。

「にゃー」

嬉しそうにひと声あげたドールが、ぴょんとキャリーバッグから飛び出してきた。

モコモコの大きな躯を見た倉一郎が、驚きの顔で倉斗を見上げてくる。

「可愛いだろう？」

「本当にぬいぐるみのようだな」

ドールに視線を戻した倉一郎が、恐る恐る手を伸ばす。

猫好きで、猫と暮らしてきた経験があっても、初対面であればやはり警戒するものだ。

とはいえ、ラグドールはおとなしい性格であり、ドールの顔を見れば攻撃してこないことはわかる。

「おいで」

倉一郎が声をかけると、案の定、ドールは差し出された手に顔を擦りつけてきた。

「ドール、俺のおじいちゃんだ。今日からここで一緒に暮らすんだぞ」

屈《かが》み込んでドールの頭を撫でてやると、まるで言葉を理解したかのように「にゃっ」と短く鳴いた。

「俺、トイレとか用意してくるから、じいちゃん、そのあいだドールの相手をしててくれる？」

「ああ、かまわんよ」

倉一郎はすっかりドールを気に入ったらしい。

自分を見上げもせずに答えた倉一郎とドールを残し、倉斗はそそくさと庭に向かう。

倉一郎はもう猫を飼わないと決めたが、なんとなく捨てるのが忍びなく、猫用のトイレや食事用の器《うつわ》を物置に残してあった。

縁側から降りてサンダルを突っかけた倉斗は、庭の隅に置いてある物置まで行き、必要な物をすべて取り出した。

窓を開け放している書斎から、倉一郎の楽しそうな声が聞こえてくる。ドールを書斎に連れて行き、遊んでやっているようだ。

倉一郎ならきっと理解を示してくると思っていたが、ドールを家で飼えるようになって心から安心した倉斗は、晴れやかな面持ちで家の中に戻って行く。

「前と同じ場所でいいよな……」

猫用のトイレを置く場所に悩むこともなく、真っ直ぐ風呂場に向かう。

家は倉一郎が建てたもので、かなりの築年数になる。土地に余裕があったこともあり、どこも広々とした造りになっていた。

風呂の脱衣所は洗面所も兼ねていて、全体で三畳ほどある。今は洗濯機も置いてあるのだが、それでも楽に猫用のトイレを置けた。

トイレに専用の砂を入れ、平《たい》らに慣《なら》せば完了だ。あとはドールが嫌がらずに使ってくれるのを祈るだけ。

「ドールが我が家の一員かぁ……なんか、嬉しいな」

風呂場をあとにした倉斗は、食事用の器を持って食堂に足を向けた。

ドールはある意味、特別な存在だった。

ショップで世話をしている子犬や子猫はみな平等に可愛い。けれど、一ヶ月も経たずに新しい家族として迎えられていくため、接している期間が短いのだ。

それに引き替え、ドールは六ヶ月近くも世話をしてきた。それだけでも離れがたい思いに囚われるのに、自分にだけ懐いてくるのだから、日に日に心が奪われていってもしかたないだろう。

「じいちゃんもドールを気に入ってくれたようだし、あとは淳平《じゅんぺい》と仲よくなれれば問題ないと……」

従弟の今元《いまもと》淳平が居候して一ヶ月になるが、動物に関する話題を一度も口にしたことがなかった。

　倉斗がペットショップで働いているのを知っていながら、これといって話題にしないのは、あまり動物が好きではないからかもしれない。

「まさか淳平、猫アレルギーとかじゃないよな？」

　そうであれば大問題だが、ドールは浅葱家で飼うことにしたのだから、淳平には他に部屋を借りて移ってもらうしかない。

　もともと、淳平は押しかけ居候のようなもので、しかたなく預かっているのだから、納得してくれるはずだ。

「あっ、ドールのごはん……」

　食事用の器を食堂の隅に下ろしたところで、ペットフードを入れたカバンを廊下に置き忘れていたことを思い出した。

　猫用のトイレや食器は残してあったが、さすがにフードは処分してしまったため、ドールが好きなブランドのドライフードをショップで購入してきたのだ。

「初めての家に来たから食欲なんてないかなぁ……でも、あの子のことだから、きっと平気で食べるかも？」

　これからずっとドールと一緒にいられることになった倉斗は、いつになく弾んだ足取りで廊下を歩いていた。

＊　＊　＊　＊　＊

大好きなドライフードで腹を満たしたドールは、さっそく家の探索を始めた。

倉斗から自由に歩き回っていいと言われたのだ。

ドールは人間の言葉が完全に理解できる。すべての動物に同じことが言えるのかどうかはわからないが、同様に言葉を理解する犬や猫は少なからずペットショップにいた。

だから、買い手がつかない自分が処分されそうになっていたことも、それを心配した倉斗が引き取ってくれたことも知っている。

ドールにとって倉斗はまさに命の恩人だ。ペットショップにいたころから、いつも自分をかまってくれる倉斗が大好きだったから、いつか恩返しがしたいと思っている。

けれど、それよりも今は家の中が気になってしかたない。とにかく、家の中をすべて見て回りたかった。

『広いなー』

玄関へと真っ直ぐに続く長い廊下を、弾むようにして走っていく。

これまでは、ほとんど展示スペースの中にいて、自由に歩き回ることはできなかった。

運動不足にならないようにと、倉斗が大きなサークルの中で遊ばせてくれたけれど、動けるスペースは限られていた。

だからこそ、倉斗が連れてきてくれた家の中に興味津々なのだ。そればかりか、今日からここで倉斗と暮らせるのだから、嬉しくてしかたがない。倉斗のそばにずっと居られるのだからこれ以上の喜びはなかった。

『これなんだろう？』

廊下の端まで来たところで、上に続いている段々を目にしたドールは小首を傾げる。

同じ高さの段がいくつもあり、上のほうは薄暗くなっていた。

限られた世界で過ごしてきたから、目にするすべてのものが新しい。未知の世界に興味がどんどん募っていく。

猫にとってジャンプはお手の物であり、暗さにも強いドールは、一段目の様子を丹念に窺ってからピョンと飛び乗る。

足元は安定していて、充分な幅もあった。とにかく上に行ってみたくなり、勢いをつけて駆け上がっていく。

最後の段を上がると、そこから廊下が続いている。明かりが点いていなくて周りは薄暗かったけれど、ドールにはすべてが見渡せた。

『あっ、倉斗さんの匂いだ……』

倉斗は下にいるはずなのに、嗅ぎ慣れた匂いがどこからか漂ってくる。

あごを上げ、長くて太い尻尾をピンと立てたドールは、鼻をクンクンさせながら匂いの元を辿っていく。

幾つかある扉のひとつが開いている。どうやら倉斗の匂いはそこから漂ってきているようだ。

『ここだ……』

中を覗いてみると、見たこともないものがたくさんある。

ペットショップにいたときは好奇心の欠片《かけら》もなかったというのに、今はどれもこれも気になってしかたない。

ひとしきり中を覗いたドールは、忍び足で中に入っていく。すると、そこは倉斗の匂いで満ちていた。

『倉斗さんがそばにいるみたい……』

大好きな匂いに包まれて嬉しくなり、あちらこちらを嗅ぎ回る。

『ここだけすごく匂いが強いけど、なんでだろう？』

あごをグッと突き出し、壁際にある大きな平たい台の上に目を向けた。

平らでとても広い。いったい、なんのために置いてあるのだろうか。どうして、ここだけ倉斗の匂いが強いのだろうか。

興味を惹かれたドールは後ろ脚立ちになり、台の端に前脚を乗せた。

肉球に触れたのは柔らかな布で、とてもフカフカしている。

『えいっ！』

危険はなさそうと判断し、勢いよく台に飛び乗った。

四肢を着いたとたんに、猫としては大きな躯がずぼっと沈み込む。

展示ケースの中にあったクッションの感覚に似ている。もしかしたら、倉斗が寝る場所なのかもしれない。そうであれば、倉斗の匂いが染みついているのもうなずける。

ここで眠ったら、さぞかし気持ちがよさそうだ。寝る場所を決めるため、クッションに似たふかふかした布の上を歩き回った。

「ドール、もう二階に上がってたのか……」

場所決めに夢中になっていたドールは、いきなり聞こえた倉斗の声に驚き、四肢をピーンと伸ばして派手に跳び上がる。

ボスッと柔らかな布の上に落ちると同時に、あたふたと床に飛び降り、そのまま蹲《うずくま》った。

心臓が飛び出しそうなくらいバクバクしている。尻尾にいたっては、長い毛がぶわっと広がっていつもより太くなっていた。

「ごめん、驚かすつもりはなかったんだ」

笑いながら近寄ってきた倉斗が床にしゃがみこみ、目を丸くしているドールをそっと抱き上げてくれる。

「階段、よく上がってこられたな？　怖がると思ってたのに」

倉斗はそんなことを言いながら、ドールを抱いたまま大きな平《ひら》たい台に腰かけた。

どうやら、あの段々は階段と言うらしい。どうして倉斗は怖がると思ったのだろうか。

高いところに行けるとわかったら、迷うことなく試すのが猫というものだ。それくらい知っていそうに思えるから、少し不思議だった。

「寝るところを探していたんだろう？　ここは俺の部屋だから、好きなところで寝てかまわない。そうだ、このベッドはどうだ？　ドールはこんな広いところで寝たことないもんな。布団はふかふかだし、すごく気持ちいいと思うぞ」

楽しそうに言った倉斗にそっとベッドへ下ろされたドールは、ふかふかの布団を踏みしめて歩き回る。

『これ、ベッドって言うんだ……』

展示スペースとは比べものにならない広さがあり、寝返りを打っても壁にぶつかることもなさそうだ。

『でも倉斗さんのそばで寝たいなぁ……』

散々、布団の上を歩き回ったあげく、ドールはベッドの端に腰かけている倉斗に躯を擦り寄せ、その場に丸くなった。

「なんだよ、こんなに広いのに端っこで寝るのか？」

「ふにゃ～ん」

倉斗は呆れているようだったが、そんなことはまったく気にもせず、そばで寝られる嬉しさに喉をゴロゴロと鳴らす。

「電車に乗ったりして疲れただろう、ゆっくりお休み」

優しく頭を撫でてくれた倉斗は静かにベッドから腰を上げると、ドールを残して部屋を出て行ってしまった。

『えっ？　もう行っちゃった……』

倉斗にくっついて寝たかったのにと思いながらも、柔らかな布団があまりにも心地よくて、ドールは瞬く間に眠りに落ちてしまっていた。

＊＊＊＊

「ただいまー」

階下から聞こえてきた大きな声に、広いベッドで微睡《まどろ》んでいたドールはむくりと躯を起こし、大きな欠伸《あくび》をひとつしてから尖った耳を後ろに向けて様子を窺う。

『誰だろう……』

聞いたことがない声に興味をそそられ、ピョンとベッドを飛び降りて部屋を出て行く。

「お帰り、早かったな」

「あー、疲れたー」

「風呂、沸いてるぞ」

「サンキュー」

倉斗と親しげに話す声に耳を傾けつつ、階段をトントンと軽快な足取りで降りていく。

最後の一段で足を止め、そっと顔だけ出してあたりを窺う。

興味はあるけれど、知らない人間の前に自ら姿を見せるのは躊躇《ためら》いがある。

『あっ……』

その場で耳をそばだてていると、食堂から倉斗が出てきた。

顔を覗かせていたドールを見つけ、笑顔で手招きしてくる。

「ドール、おいで」

倉斗に呼ばれたら無視はできない。最後の段から軽やかに降りて廊下を歩き出す。

嬉しさに尻尾がピンと立ち上がり、尻を左右に揺らしながら歩いていく。

「気持ちよく眠れたか？」

倉斗の前でお座りをして見上げると、すぐに彼が抱き上げてくれた。

「にゃあ」

喜びの声をあげ、頭をグイグイと倉斗の胸に押しつける。

彼の匂いに包まれてぐっすり眠ったばかりなのに、またすぐ近くに同じ匂いがあるのはたまらなく嬉しい。

喉がゴロゴロと鳴るだけではなく、鼻息まで荒くなってくる。倉斗に抱かれているだけで、瞳がトロンとしてしまう。

「えっ？　なんで猫がいるの？」

食堂から顔を出した若い男が、怪訝《けげん》そうに眉根を寄せてドールを見てきた。

倉斗より背が低く、子供っぽい顔をしている。

顔つきがどこか意地悪そうで、嫌な感じがしたドールはそっぽを向く。

「今日から飼うことになったドールだ」

「ドール？　すんげーデブ猫なのに可愛い名前なんだな」

デブ猫呼ばわりされてムッとしたドールは、長い尻尾を大きく振って抗議した。

躯は大きいけれど、太っているわけではない。いつも体重を量ってくれる倉斗が、そう言っていた。

「淳平、猫アレルギーじゃないよな？」

「ないよ。で、こいつなんて種類なの？」

「ラグドールだよ、だからドール」

「へぇ……」

淳平と呼ばれた男が、ドールの尻尾に手を伸ばしてくる。

触られたくないから尻尾をぶんぶん振り回したのに、淳平は不躾《ぶしつけ》に掴んできた。

「にゃー」

拒絶の声をあげ、さらに大きく尻尾を振って淳平の手から逃れる。

「なんだよ、愛想悪いな」

今度は長い毛に覆われた腹に手を入れてきた。

乱暴に腹を撫で回され、どんどん不愉快になっていく。

「シャーッ！」

思いきり牙を剥《む》き、抱っこしてくれている倉斗の手から飛び出す。

威嚇《いかく》されて驚いた淳平が飛び退き、大きく瞳を瞠って見上げているドールを睨《ね》めつけてくる。

「こんな可愛げねー猫を飼うなんて、倉兄《くらにい》もどうかしてるよ」

「初対面なのに乱暴に扱うからだろ。普段はおとなしくていい子なんだから、仲よくしてくれ」

「仲よくできるかどうかは、そのデブ猫次第だな」

感じの悪い言い方に腹が立ったドールは、淳平にプイッと背を向けて階段に向かう。

倉斗のためには仲よくしたいところだけれど、どうにも気に入らない。とても打ち解けられそうになかった。

『なるべく近寄らないようにしようっと……』

この家で暮らしているのが、倉斗と倉一郎だけならよかったのにと思いながら、タンタンと階段を上がっていく。

『もう一回、寝よう』

嫌なことがあったときは眠るに限る。

倉斗の部屋に入ったドールは、先ほどまで寝ていたベッドにピョンと飛び乗り、すぐさま丸くなって眠りを貪《むさぼ》り始めていた。

＊＊＊＊

「また寝てたのか」

笑いを含んだ倉斗の声に目を覚ましたドールは、蹲ったまま大きな瞳で見上げる。

ベッドの脇に立っている彼は上下が同じ色の服を着ていて、躯から漂う匂いに少し違う香りが混ざっていた。

「ウチの居心地はどうだ？　気に入ったか？」

ベッドの端に腰かけた倉斗に、ヒョイと抱き上げられる。

抱っこが大好きなドールは、すぐさま脱力して倉斗の腕に躯を預けた。

『あれ？』

なんだかいつもより体温が高くなっているみたいだ。

ほかほかしていて気持ちがいい。

たっぷり眠ったあとなのに、また寝たくなってきたドールは、倉斗の胸に頭をもたれさせて目を閉じた。

「本当に可愛いよなぁ……お客さんにもこうやって懐いていれば、売れ残ったりしなかったんだぞ」

「ふにゃん……」

甘えた声を出すと、倉斗が抱っこしたまま耳の後ろを掻いてくれる。

ドールの記憶にある中で、初めて抱っこしてくれたのが倉斗だ。

にこにこしながら、「はじめまして、かわい子ちゃん」と言って頭を撫でてくれたことを、今でもはっきりと覚えている。

倉斗が唯一無二の存在になった瞬間でもあった。だから、ショップにいるときは、いつでも倉斗を目で追っていた。

背が高くて格好いい倉斗は、いつもきびきびと仕事をしている。たまに厳しい顔をするときもあるけれど、ショップにいるペットにはどんなときでも笑顔を向けてきた。世話をしてくれるときはことさら優しくて、トリミングテーブルで倉斗にコーミングされるのは至福の時間だった。

展示ケースのガラス越しに眺めてくる客に顔を向けなかったのは、愛想がないからではなく、倉斗にしか興味がなかったからだ。

買い手がつかなければ処分されることなど知らなかったから、ずっと倉斗を見ていられればいいと思っていた。

最近になって、自分が処分の対象になっているとわかったときは、さすがに焦《あせ》った。

あと少しで倉斗と別れ別れになってしまうのだと思うと、不安でしかたなかった。

一緒にいたいと言葉で伝えることができないのがもどかしく、この世に生《せい》を受けたことを呪ったりもした。

だからこそ、命の恩人である倉斗に、恩返しがしたい。どうすればいいのかわからないけれど、とにかく感謝の気持ちを伝えたい。そして、どれだけ倉斗が好きなのかも、知ってほしかった。

「俺はもう寝るけど、一緒に寝るか？」

　ベッドにドールを下ろして立ち上がった倉斗が、布団を捲って中に入る。

『一緒に寝てもいいの？』

　倉斗と一緒に寝ることができるなんて信じられない。

　こんな嬉しいことがあっていいのだろうか。嬉しすぎて舞い上がってしまう。

「ほら、入っていいぞ」

　ベッドに横たわった倉斗が、隣を勧めてくれる。

「にゃーっ」

　甲高い声をあげたドールは、そそくさと布団の中に潜り込み、べったりと倉斗の脇腹にくっついて躯を丸めた。

「ドールはあったかいな」

「にゃふん」

　布団を掛けた倉斗が、丸まっているドールの背を優しく撫でてくる。

　なにかに包まれて寝るのは初めてだ。布団の中も、倉斗の身体も温かで、最高に気持ちがいい。

「ドールは淳平が気に入らないみたいだな？」

　布団越しに聞こえてくる倉斗の声に、目を閉じていたドールも耳をピクピクと動かす。

「あいつは俺の従弟で、弟みたいなものなんだ。あいつはこれといって性格に難《なん》があるわけでもないし、しばらくはここで暮らすことになっているから、仲よくしてやってくれないか？」

背を撫でてくれている倉斗に言い聞かされ、ドールはどうしたものかと思案する。

デブ猫呼ばわりしたばかりか、無闇に尻尾を掴んできたり、腹を撫で回してくるような淳平には懐きたくない。

それでも、淳平と仲よくするのが倉斗の望みであるのなら、歩み寄って行くしかないだろう。

「にゃん」

思いが伝わらないことはわかっているが、いちおう返事をしてみると、倉斗がいきなり布団を捲ってきた。ドールの頭をシャカシャカと撫で回してきた。

「にゃん、って、もしかしてわかってくれたのか？」

驚きに目を丸くしたドールの顔を、しみじみと眺めてくる。

「にゃにゃ」

鳴くことしかできないのが、ひどくもどかしい。

人間の言葉を喋りたいと、これまで以上に強く思う。

「いくらなんでも、猫に人の言葉が全部わかるわけないよな」

あり得ないと笑った倉斗に布団を掛けられ、ドールは虚《むな》しさに襲われる。

『人間の言葉が話せたらいいのになぁ……そうしたら、倉斗さんといっぱいお喋りができるのに……』

叶わない夢とは知りつつも、倉斗に寄り添って丸くなっているドールは、そう願わずにはいられなかった。

第二章

一夜明け、出勤する倉斗を玄関で見送ったドールは、庭で洗濯物を干している淳平の様子を、窓ガラス越しに眺めていた。

倉斗が出かける間際に、ドールを絶対に外に出すなと淳平に言い残していったこともあり、部屋のドア以外はどこもきちんと締められている。

外の世界にまったく興味がないと言えば嘘になるが、今のところドールは家の中で過ごすことに満足していた。

なにしろ広い家だから、まだまだ知らない場所がたくさんありそうで、家の中にいても充分に楽しめそうだった。

『なんか無視されてる感じ……』

倉斗のために、淳平との距離を縮めようと思っているのに、近づいていってもまるで相手にしてもらえない。

それればかりか、こうして家の中から眺めていることを知っていながらも、まるで気がついていないふうを装《よそお》っているのだ。

仲よくなるまでには時間がかかりそうに感じられ、他に楽しみを探すことにしたドールは、ムクリと起き上がって大きく伸びをする。

『おじいちゃんのお部屋に行ってみようかな……』

倉斗の次に大好きな倉一郎の書斎を目指し、廊下をトコトコと歩いて行く。

昨日、中に入れてもらったから、場所は覚えていた。けれど、扉が閉まっていて、入りたくても入れない。

扉の隙間に鼻を近づけてクンクンと匂いを嗅ぎ、尖った耳を澄ませてみる。倉一郎が書斎にいるのは間違いない。

「にゃ――――ん！」

扉に向かって大きな声をあげると、すぐに足音が近づいてきた。

「遊びに来たのかい？」

扉を開けた倉一郎が、顔を綻《ほころ》ばせてドールを見下ろしてくる。

「しばらく猫がいなかったから、ドアを閉める癖がついてしまったんだな。これからはいつでも入れるように開けておいてあげよう」

「にゃー」

礼の代わりにひと鳴きし、倉一郎の足に躯を擦りつけながら書斎に入っていく。

昨日も見たけれど、書斎の中は本当にいろいろな物が置いてあって面白い。

床にもごちゃごちゃと置かれているから歩き難いけれど、それらの匂いをひとつずつ嗅ぎながら前に進むのもまた楽しかった。

「好きにしてていいが、壊したらダメだよ」

匂いを嗅ぎ回っていたドールは、倉一郎の言葉に足を止めて振り返る。

「にゃっ」

「おお、わかるのか。ドールは賢い子だな」

悪戯《いたずら》をしないとわかってくれたのか、倉一郎は大きな黒い椅子に腰かけると、机に広げているノートになにか書き始めた。

当然のことながら、ドールはペットショップで見聞きして覚えたもの以外は、なにも知らない。

訊ねることができないから、倉斗や倉一郎の言葉に注意深く耳を傾け、理解していくしかなかった。

『なんか光ってる……』

ふと顔を上げたドールは、陽が差し込んでいる窓に慎重な足取りで歩み寄って行く。

窓は少し高い位置にあり、窓ガラスの手前が平らな造りになっていて、そこに置かれている物が強い光を放っている。

『綺麗だな……』

七色に輝く光が気になり、ドールは台の上にピョンと飛び乗った。

ドールが乗った台の上には、小さなクッションがあり、その上に透明でまん丸いなにかが置いてある。

輝いているのはその丸いなにかで、近くから見てみると内側から七色の光が放たれているようだ。

「うん？　水晶玉が気になるのか？」

台に乗ったドールに気づいた倉一郎が、椅子から立ち上がって歩み寄ってきた。

どうやら、丸い物体は水晶玉というらしい。

「綺麗だろう？　これは遠い遠い昔からある水晶玉で、不思議な力を持っているんだよ」

台の上でお座りをして水晶玉をジッと見つめているドールの背を撫でながら、倉一郎が楽しげに話を始める。

「今は七色に輝いているこの水晶玉が、夜空の真上にある月の光を受けて、一瞬だけ銀色に輝くときがあるそうだ。で、その瞬間に願い事をすると叶うらしい」

ドールに顔を寄せてきた倉一郎が、一緒に水晶玉を見つめた。

「だが、まだ誰も願い事をしたことがない。どうしてだか、わかるかい？」

そう言った倉一郎が、興味津々と瞳を輝かせているドールに視線を移してくる。

ドールが小首を傾げて見返すと、倉一郎は温和な笑みを浮かべて先を続けた。

「実は、願い事が叶ったとたんに水晶玉は真っ二つに割れてしまうんだ。だから、丸いままのこの水晶玉は、まだ誰の願いも叶えてないということなんだよ」

願い事は誰にもあるはず。それが叶うというのに、願い事をしない人間などいるのだろうか。そうしたドールの疑問にも、倉一郎はすぐ察したように答えてくれる。

「願い事がしたくても、水晶玉がいつ銀色に輝くのかは誰にもわからないからね。そもそも、願い事が叶うという話が大昔に滅びた国の伝説で、本当かどうかわからないんだ」

倉一郎が話をしながら、水晶玉を手に取る。

太陽が当たらなくなったとたんに輝きが失せ、ただのガラス玉のようになった。

「でも、夢があるだろう？　わしは夢のある話が大好きなんだ。この水晶玉を手に入れたときから、伝説を信じて窓際に飾り続けるくらいね」

楽しそうに笑って掌に載せた水晶玉をひとしきり眺めた倉一郎が、意見を求めるようにドールの瞳を覗き込んできた。

「ドールなら、どんな願い事をするかな？　答えを聞いてみたいものだが、これればかりは無理そうだ」

倉一郎は温厚な笑みを浮かべ、まるで宝物でも扱うように水晶玉をそっとクッションに載せる。

『僕の願い事……』

倉一郎の話をすべて理解できたわけではないが、水晶玉が願いを叶えてくれるらしいということはわかった。

それも、たったひとつしか願い事は叶わない。ならば、迷わず人間の言葉を喋りたいと願うだろう。

倉斗と言葉が通じるようになれば、すべての思いを伝えることができる。他に望みなどなにもない。

「生きているうちに願い事をしたいものだ……」

倉一郎はしみじみとつぶやくと、机に戻っていってしまった。

『月の光かぁ……』

月が夜空の真上にあるときは、ほとんどの人間が眠っている。だから、銀色に輝く瞬間を見逃してきたのかもしれない。

『夜中になったら来てみようかな……』

倉斗と喋りたい思いを募らせるドールは、そんなことを考えながら水晶玉をいつまでも見つめていた。

＊　＊　＊　＊

昼間、家の中を歩き回ったドールは、居間のソファの真ん中で躯を丸め、心地よい眠りを貪っていた。

家の中に限られるとはいえ、どこでも自由に歩き回れる楽しさ、そして、どこでも眠れる嬉しさに、満足しきっている。

眠っていながらも微かな音に耳をピクッと動かしたドールは、ムクリと頭を起こす。

『倉斗さんだ……』

ソファからピョンと飛び降り、玄関に向かって一目散《いちもくさん》に廊下を走っていく。

廊下の端でお座りをしたドールは、玄関の扉が開くのを胸を弾ませて待った。

「ただいまー」

扉を開けた倉斗が、ドールを見て息を呑む。

「ドール……」

「にゃあ」

緑色の瞳で真っ直ぐに倉斗を見上げ、元気な声で迎える。

「お出迎えしてくれたのか？」

靴を脱いで廊下に上がってきた倉斗が、カバンを下ろしてしゃがみ込む。

「もう俺の足音が聞き分けられるなんて、ドールは凄いな」

誉められた嬉しさに、倉斗の膝に頭を擦りつける。

声も、匂いも、足音も、大好きだからすぐに覚えた。倉斗に関しては絶対に間違えない自信がある。

「今日はなにをしてたんだ？」

ドールを抱き上げた倉斗が、食堂に向かって歩き出す。

話したいことがたくさんあるのに言葉にできないドールは、グイグイと頭を倉斗のあごに押しつけた。

すごく楽しかったよ、引き取ってくれてありがとう。そんな意味を込め、喉を鳴らしながら、必死に頭を押しつける。

「じいちゃん、ごはん出してくれたのかな？」

抱っこしたまま話しかけてくる倉斗に、短く「にゃあ」と鳴き返す。

「やっぱり返事してくれてるような気がするよなぁ……猫ってどれくらい言葉を理解してるんだろう……」

言葉が通じていることを倉斗に教えてあげたいのに、それができないのがドールは残念でならない。

『あー、倉斗さんとお話がしたいよー』

一緒にいられるのは嬉しくて楽しいけれど、同時にもどかしさが募ってくる。

「うん？　なにか言いたいことがあるのか？」

何度も鳴いたものだから、倉斗が気にしたようにドールの顔を覗き込んできた。

『たくさんあるよー、倉斗さんとお話がしたいよー』

「そうか、抱っこがいやなんだな。ごめんごめん」

文句を言っていると勘違いした倉斗が、そっとドールを廊下に下ろしてくれる。

『抱っこがいやなわけじゃないのにー』

「もしかして、ごはんをもらってないのか？」

倉斗は不満げな鳴き声にまたしても勘違いし、急ぎ足で食堂に入っていく。

『もう……』

ペットショップにいるときは、倉斗にかまってもらえるだけで嬉しく、思いが通じなくてもこんなふうにイライラすることはなかった。

けれど、今は違っている。倉斗と喋りたくてしかたがない。なにより、ずっとそばにいられるようになった喜びがどれほど大きなものかを、言葉にして伝えたいのだ。

「なんだよ、ちゃんとじいちゃんがごはん出してくれてるじゃないか」

食堂に置かれたドール用の食器を確認した倉斗が、怪訝な顔で振り返ってくる。

「ドールが好きだったごはんなんだけどなぁ……もう飽きちゃった？」

足元に纏わりつくと、今度は困り顔で見下ろしてきた。

言葉が喋れない以上、態度で示すしかないと思ったドールは、真っ直ぐに見上げてぷるぷるっと首を横に振ってみる。

「はぁ……どうしてほしいのか、さっぱりわからない」

ため息交じりに言って肩を落とした倉斗が、ドールの前にしゃがみ込んできた。

「明日、別のキャットフードを買ってきてあげるから、とりあえずあれを食べてくれないか？」

どうやら倉斗は、食事に対する不満と受け止めたようだ。

このままでは、本当に新しいペットフードを買ってきてしまう。そんな必要はないということを、倉斗にわかってもらう必要があった。

ドールは自分のために用意された食器の前に行き、カリカリと音を立てながらペットフードを食べ始める。

倉一郎にごはんをもらってすぐに食べているから、あまりお腹は空《す》いていない。それでも、このペットフードで満足していることを知ってほしいドールは、一生懸命、食べ続けていた。

＊　＊　＊　＊　＊

昨夜と同じく倉斗のベッドで一緒に寝ていたドールは、真夜中にふと水晶玉のことを思い出し、そっと布団から抜け出した。

家の中のドアは淳平の部屋を除き、すべて少し開けるようにしてくれたため、自由に出入りができる。

音を立てないよう慎重に階段を降りていき、忍び足で書斎に向かう。どこも真っ暗で静まり返っている。

『やっぱり人間は夜中に起きていないから、水晶玉が銀色に輝く瞬間を見逃してきたのかもしれない……』

そんなことを思いつつ、半分ほど扉が開いている書斎の中に入っていく。

書斎には幾つか窓がある。けれど、水晶玉が置いてある窓だけカーテンが閉まっていない。いつでも月の光があたるように、倉一郎が開けているのだろう。

『よいしょっ……』

気合いを入れて勢いよく床を蹴ったドールは、飛び乗った台の上にちんまりとお座りをする。

窓の外には大きな満月が輝いている。けれど、月の光は書斎の中まで届いていない。

飾ってある水晶玉はまったく輝きがなく、ただのガラス玉にしか見えなかった。

『もうちょっとでお月様の光があたりそうなのに……』

ドールは窓ガラス越しに満月を仰《あお》ぎ見る。

もし倉一郎が聞かせてくれた伝説が本当ならば、どうあっても水晶玉に願い事を叶えてもらいたい。

人間の言葉を喋ることができるようになったら、倉斗に感謝の気持ちを伝えられる。

もちろん、ずっと言葉を喋り続けることができたら、それは嬉しいけれど、願いが叶うなら贅沢は言わない。ほんの数分でいいから、人間の言葉が喋りたかった。

『あっ……』

しばらく水晶玉を眺めていると、月の光が少しずつ書斎の中にまで伸びてきた。

月の光があたったからといって、必ず水晶玉が銀色に輝くわけではないことくらい理解している。

それでも、月の光があたっているときにしかチャンスは訪れないのだ。ドールはお座りをしたまま、ジッと水晶玉を見つめる。

ただのガラス玉にしか見えなかった水晶玉が、徐々に黄色みを帯びていく。けれど、待てど暮らせど、銀色に輝かない。

『今夜じゃないのかもし……』

諦めて倉斗の部屋に戻ろうと思ったそのとき、月の光を受けて黄色くなっていた水晶玉が、黄金色《こがねいろ》に輝きだした。

尋常ではない強い輝きに目が眩《くら》む。なにかが起きるのではと、そんな予感をさせる輝きかただ。

『でも……』

倉一郎は銀色に輝いたときに願いが叶うと言った。金色ではダメなのだろうか。

金色に妖《あや》しく輝く水晶玉を見ていると、願い事が叶いそうな気がしてくる。

『試してみようかな……』

とりあえず願い事をしてみようかと思ったそのとき、水晶玉の色が変わり始めた。

『これだ！』

目の前の水晶玉が、まさに銀色に輝いている。

この瞬間を逃したら、次の機会がいつ訪れるかわからない。ドールはにわかに焦る。

『僕、人間になりたい！』

まくし立てた瞬間、強い光を放っていた銀色の水晶玉がパキーンと音を立てて真っ二つに割れた。

あまりの驚きに台から落ちたドールは、床に尻餅《しりもち》をつく。

「いったぁ……」

のそのそと立ち上がり、痛む尻を手でさする。

「えっ？」

いつもと違う触り心地に、首を捻って尻に目を向けた。

「なっ……」

目に映った己《おのれ》の姿に驚愕し、開いた口が塞がらなくなる。

長くてふさふさの尻尾がない。もこもこの毛もなく、全身が肌色でつるつるだ。そればかりか、手と足の形も違っている。

なんと、ドールは人間の姿に変わってしまったのだ。

「なんで？　喋りたいって……あっ……」

変わり果てた己の姿に呆然とする中、慌てるあまり自分が願い事を間違えてしまったことに気づいた。

「どうしよう……」

すでに願い事を叶えた水晶玉は、真っ二つに割れてしまっている。もう一度、願い事をすることはできない。二度と猫の姿にもどることができないのだ。

「どうしよう、どうしよう……」

半べそ状態で書斎を飛び出し、バタバタと二階に駆け上がっていく。

「倉斗さん、倉斗さん……」

パニックに陥っているドールは、ベッドで眠っている倉斗の身体を力任せに揺すった。

「う……ん」

「倉斗さん、起きて、倉斗さん」

執拗な呼びかけに、ようやく倉斗が目を開ける。

「なんだよ、いったい……」

眠たそうに拳《こぶし》で目を擦った倉斗が、ドールを見るなりギョッとした顔で跳ね起きた。

「だ、誰だ？　なんでここにいる？」

「僕、ドールです、猫のドールなんです！」

ベッドの上でじりじりと退いて距離を取った倉斗が、必死に訴えるドールを訝《いぶか》しげに見てくる。

「本当です、倉斗さんがペットショップから連れてきてくれたドールなんです」

「ドール？　どう見ても、人間の男の子だぞ？」

「書斎にあるおじいちゃんの水晶玉にお願い事をしたら、人間になっちゃったんです」

ドールの説明を聞いた倉斗が、ハッとした顔で見返してきた。

「銀色に光ると願いが叶うっていう、あの水晶玉のことか？」

「そうです……見てるときに銀色に光って、それで……」

ベッドに上がったドールは、壁に背を貼り付けている倉斗に躙《にじ》り寄っていく。

先に倉一郎に話をすればよかったと今になって思う。けれど、誰かに助けを求めなければと思った瞬間、頭に浮かんだのは倉斗だったのだ。

「でも、僕、お願い事を間違えちゃって……人間になりたかったわけじゃないのに……」

おかしなものを見るような目を倉斗から向けられるのが悲しく、大粒の涙がポロポロと溢れてくる。

「水晶玉は二つに割れちゃったから、もう僕は猫に戻れない……どうしよう……」

「こんなことが現実に起きるなんて……」

倉一郎から水晶玉の話を聞いていたらしい倉斗が、呆然とドールを見つめてきた。

しきりに頭を振っている彼は、信じたくはないけれど、信じるしかないといったところなのだろう。

「とにかくなにか着ないと……素っ裸じゃ話にならない」

ベッドを降りた倉斗が、引き出しを開けて服を取り出す。

「俺のだからちょっと大きいけど、下着とパジャマ。とりあえずこれを着て」

ベッドにぺたんと座っている裸のドールに、倉斗が下着とパジャマを押しつけてきた。

「これを着る？」

人間が服を身に着けていることは知っているが、どうしたらいいのかわからないドールは倉斗を見上げて救いを求める。

「ああ、そうか……もとは猫なんだよな……」

苦々しく笑った倉斗が、手取り足取り教えてくれた。

「ズボンの裾と袖を折らないとダメか」

パジャマを身に着けた姿をひとしきり眺めた倉斗が、急にドールの目の前でしゃがみ込んだ。

なにをするのかと思って見ていると、ズボンの裾を何回も折り返し、引き摺《ず》らないように直してくれた。

「手を前に出して」

言われるまま両手を前に伸ばしたドールの袖口を、彼が丁寧に何度も折り曲げていく。

「これでいいか」

手を自由に動かせるようになったドールは、試しにきつく握りしめたり、パッと開いたりしてみる。

猫のときとは違う感覚で少し不思議だったけれど、思いどおりに動くことはわかった。

「ところで、願い事を間違えたっていうのは、どういうことなんだ？」

倉斗に促されたドールは、並んでベッドの端に腰かけ、神妙な面持ちで見返す。

「人間の言葉が喋りたかっただけなのに、慌てたせいで人間になりたいって言っちゃったんです」

「人間の言葉を喋りたいっていうのは興味本位で？」

先ほどまでとは違って、倉斗の声に冷静さが感じられる。

穏やかな声で話しかけてくれることで、混乱状態に陥っていたドールも落ち着きを取り戻してきた。

「違います……倉斗さんにお礼が言いたくて……」

「俺に？」

「倉斗さんは僕の命の恩人だから……倉斗さんがいなかったら、僕、生きていられなかったから……それなのに、こんなことになっちゃって……」

「うん？　どうして生きていられなかったって知っているんだ？」

「人間の言葉が理解できるから」

「えっ？　猫はみんな？」

倉斗が大きく目を瞠る。

言葉が通じていないと決めてかかっていたのだから、さぞかし驚いたことだろう。

「みんなかどうかはわからないけど、ペットショップには僕以外にも言葉を理解してる犬や猫がいました」

「そうなんだ……やたらなことは言えないな」

そう言って苦笑いを浮かべた倉斗が、しみじみとドールを見つめてくる。

自分の姿は、倉斗の目にどう映っているのだろう。

猫のときはいつも可愛いと言ってくれていたから、同じように言ってもらえる顔立ちであることを祈るしかない。

「どことなく面影が残るものなんだな。瞳は少し緑がかってるし、髪の色も薄くてふわふわだ」

手を伸ばしてきた倉斗に、頭をくしゃくしゃと撫でられる。

いつものように接してくれる彼の優しさに、いったんは乾いた涙がまた溢れてきた。

倉斗がペットショップから家に連れ帰ってくれたのは、自分が猫だからだ。人間になった猫を、そばに置いておきたいとは思わないだろう。

「僕……どうしたらいいんですか？　猫に戻って倉斗さんのそばにいたい……」

「じいちゃんの水晶玉だし、じいちゃんに相談したほうがいいんだけど、こんな時間に起こすわけにはいかないよなぁ……」

倉斗が思案顔で空を見つめる。

「ごめんなさい……本当にごめんなさい……」

水晶玉に願い事をしたばかりに、倉斗に迷惑を掛けてしまった。

倉一郎にしても、大事にしてきた水晶玉が猫の願い事に使われたと知れば、怒りを露わにしてくるかもしれない。

「謝らなくてもいいよ、悪気があったわけじゃないんだから。とにかく、今はなにもできそうにないから寝よう」

「えっ？」

「朝まで起きててもしかたないだろう？」

「でも……」

ベッドから立ち上がった倉斗から、急かすように背を叩かれ、しかたなくドールは腰を上げた。

確かに彼の言うとおりだけど、なんだか楽観的すぎる。猫が人間に変身したのだから、どう考えても一大事のはずだ。

もしかしたら、平静を装っているだけで、本当の倉斗はなにも考えられないくらい動揺しているのかもしれない。

申し訳ない気持ちでいっぱいになったドールは、おとなしく朝を待とうと思い直した。

「いいから、早く横になって」

「はい……」

言われるままベッドに横になると、隣に寝そべってきた倉斗が胸の上まで布団を引き上げる。

顔だけ出ているのが妙に感じられ、ドールはもぞもぞと布団の中に潜り込み、丸めた身体を倉斗に押しつけた。

「ちゃんと顔を出して寝ないと苦しくなるぞ」

倉斗が勢いよく布団を捲ってくる。

「でも、このほうが落ち着くんです」

上目遣いで見返すと、彼は呆れたように笑った。

「そういうところは猫のままなんだな」

そう言って優しく頭を撫でてきた彼が、無理強いすることなく布団を掛けてくれる。

真っ暗な布団の中で、丸めた身体をぴったりと倉斗の脇腹にくっつけ、眠るため静かに目を閉じた。

願い事が叶うと言っても、一夜限りのことかもしれない。朝には猫に戻っている可能性だって残されているのだ。

猫に戻って倉斗と暮らしたいドールは、そうあってほしいと祈りつつ、深い眠りに落ちていった。

第三章

「倉斗ー、倉斗ー」

階下から聞こえてくる倉一郎の大きな声に目を覚ました倉斗は、布団を捲って身体を起こした。

「うわっ……」

小さな身体を丸めてスヤスヤと眠っているドールの姿に一瞬ギョッとしたものの、すぐに昨夜のことを思い出し、優しく揺り起こす。

「ドール、朝だぞ」

飼い猫が人間に変身したという事実を目の当たりにしても、普通の人間であればまず信じないだろう。

けれど、神道考古学者であり、世界の神秘的な伝説にも詳しい倉一郎のもとで育った倉斗は、少なからず影響を受けていることもあり、自分でも驚くほどすんなりと現実を受け入れられていた。

「むにゃ、むにゃ……」

寝言を口にしたドールが、寝返りを打って仰向けになる。

無防備であどけない表情に、思わず頬が緩んだ。

今のドールは、人間の年齢にすると十七、八歳といったところか。

身長は百六十センチくらいで、手脚がすんなりとした細い身体をしている。

猫の面影が残っている顔は小作りで、瞳が大きく、鼻と口は小さい。ハーフのような顔立ちをしているのは、元が洋猫だからだろうか。

薄茶色の髪も綿菓子のように柔らかで、とても手触りがよかった。

「ドール」

「倉斗、大変だ！　水晶玉が……」

ドールに呼びかけると同時に、倉一郎が勢いよくドアを開けて飛び込んできた。

その手に、割れた水晶玉を持っている。どうやら、書斎で割れている水晶玉を見つけ、居ても立ってもいられなくなって倉斗の部屋にやって来たようだ。

「倉斗……」

それまで慌てふためいていた倉一郎も、ベッドで寝ているドールに気づくと思わず呆気に取られた。

「その子は?」

訝しげに眉根を寄せながらベッドに歩み寄り、スヤスヤと眠っているドールの顔を覗き込む。

「じいちゃん、驚かないで、この子はドールなんだ」

「なんだと?」

「ドール、起きて」

目を丸くしている倉一郎をよそに、改めてドールの身体を揺する。

「うん……」

ようやく目を覚ましたドールがムクリと起き上がり、両手を大きく広げて伸びをした。

「ふあぁ……」

ドールはまだ寝ぼけているのか、倉一郎に気づいていないようだ。

「じいちゃんの水晶玉に願い事をして、人間に変身しちゃったらしい」

簡単な説明をして布団を出た倉斗は、ベッドの端に腰かけて倉一郎を見上げる。

「この水晶玉が割れていたのは、そういうことだったのか……」

倉一郎が持っている水晶玉をしみじみと見つめた。

さして驚くことなく、すぐに納得したのは、水晶玉にまつわる伝説を信じていたからだろう。

大騒ぎされたら厄介だと思っていた倉斗は、倉一郎が冷静でいてくれることに、とりあえず胸を撫で下ろす。

「しかし、どうしてまた人間に？」

「あっ、おじいちゃん……」

やっと倉一郎に気づいたドールが、ベッドの上であたふたと正座をする。

「ごめんなさい……おじいちゃんの大事な水晶玉にお願い事をしちゃって……本当にごめんなさい」

「かまわんよ、願い事が叶う水晶玉であることがわかっただけでも大きな発見だ」

ベッドの端に腰かけてきた倉一郎が、物珍しそうにドールを眺め回す。

「それにしても、ドールは可愛い猫だったが、人間になっても可愛いのだな？」

「そんなことより、ドールを猫に戻す方法はないの？　いくらなんでも、このままってわけにいかないだろう？」

暢気《のんき》な倉一郎に呆れた倉斗は厳しい口調で言い放ち、しゅんとしているドールを励ますように肩を優しく叩く。

「わしは呪術師ではないからなぁ、戻し方などわからんよ」

「そんなぁ……呪いとかそういう研究もしてきたんでしょう？」

「わしの専門は神道考古学だぞ、あの水晶玉はインカ帝国時代のものと言われているのだから専門外だ」

「専門外だなんて……」

倉一郎が手に負えないと言いたげに肩をすくめ、倉斗はおおいに落胆する。

「僕、猫に戻れないんですか？」

ドールが今にも泣き出しそうな顔で、倉斗と倉一郎を交互に見てきた。

自《みず》ら望《か》んだわけではないのだから、すぐにでも猫に戻りたいはずだ。どうしてやることもできないのが、倉斗は歯がゆくてならない。

「手の打ちようがないのだから、そのままここで暮らしたらいいではないか」

ドールの気持ちなどお構いなしの倉一郎には少しばかり腹が立ったが、猫に戻す手立てがない以上は、人間として一緒に暮らしていくしかないだろう。

とはいえ、猫からいきなり人間になったドールが、上手く生活していけるかどうかは疑問であり、この先の不安が尽きない。

「あっ、じいちゃん、淳平にはこのこと秘密にしてよ、あいつが誰にも言わないでいられ

ると は思えないから」

「そういえば、淳平はまだ起きていないのか？」

「じいちゃんの大声くらいじゃ目を覚まさないよ」

そう言って笑った倉斗はベッドから腰を上げ、倉一郎が開け放したままにしたドアを閉めに行く。

淳平の寝起きの悪さに常々呆れていたが、今日ばかりは有り難く思えた。淳平に事実を知られなければ、ドールのことは上手く誤魔化せるはずだ。

「まずは名前を変えないと……」

さすがにドールと呼ぶわけにはいかない。とはいえ、日常的に口にする名前であることを考えると、安易にはつけられなかった。

「そうか、西洋風の顔立ちだから、クリスというのはどうだ？」

「クリス？」

見た目はハーフのようだから違和感はないものの、なぜその名前を選んだのかは気になるところだった。

「水晶はクリスタルだろう？　クリスタルから生まれた子だから、クリスという名もいいのではないかと思ったのだよ」

「なるほどね、さすがじいちゃん、ちゃんと考えているんだ」

適当に名前を決めるよりは、よほどいいような気がし、倉斗は素直に賛同した。

問題は当事者であるドールがどう思うかだ。

「ドール、今日からクリスっていう名前でいいか？」

「僕、ずっとこのままなんですか？　もう猫に戻れないんですか？」

不安を隠しきれないドールの瞳から溢れた涙が、正座をしている足にポタポタと落ちていく。

細い肩を震わせて涙する姿は可哀想でならなかったけれど、現状は人間として生きて行くしかないのだ。

「いつか猫に戻れると断言はできないけど、猫に戻れないと決まったわけでもない。じいちゃんは顔が広いから、きっとなにか猫に戻れる方法を見つけてきてくれる。だから、それまでは俺たちと一緒に人間としてここで暮らそう、いいね？」

真っ直ぐに向き合って静かな口調で言い聞かせると、ドールがコクリとうなずき返してきた。

自分のことを命の恩人だと思い、礼が言いたいがために水晶玉に願い事をしてしまったドールは、心根の優しい子だ。

悲しい思いも、辛《つら》い思いもさせたくない。不安しか感じていないないであろうドールに、できるかぎりのことをしてやらなければと、倉斗は強く思っていた。

「淳平にはどう説明をしたものか……」

名前が決まったところで倉一郎が次なる問題を口にし、またしても頭を悩ませる。

ハーフにしか見えない高校生くらいの男の子を、我が家で預かる理由などそう簡単には思いつかない。

「俺の知り合いの子ってわけにはいかないよなぁ……」

「わしの知り合いの子で、ホームステイさせると言えば納得するのではないか？」

「じいちゃんの？」

「おまえの知り合いの子というには、クリスは年齢が高すぎるからな」

「そうだね、じいちゃんの知り合いの外国人から預かった子っていう設定にしよう。高校を卒業して、ホームステイすることにしたって感じで大丈夫かな？」

意見を求めると、倉一郎はすぐにうなずき返してきた。

ここで決めておかなければならないことが、他にもなにかあるだろうかと、倉斗はそんなことに思いを巡らせる。

「そろそろ淳平も起きてくるのではないか？　早くクリスを着替えさせたほうがいいぞ」

「わかった」

「わしは書斎に戻っているから、なにかあったら呼んでくれ」

「あっ、そうか……」

　水晶玉を持って部屋を出て行く倉一郎を見送った倉斗は、急いでクローゼットの扉を開け、ドールに合いそうな服を探し始める。

「倉斗さん、なにをしてるんですか？」

「淳平と顔を合わせたときにパジャマだとまずいから、着替えを探しているんだ」

　ハンガーに掛かっている服を確認している倉斗は、ドールに背を向けたまま答えた。

　あと三十分ほどで淳平の目覚まし時計が、けたたましい音で鳴り響く。

　ちょっとやそっとのことでは絶対に目を覚まさない彼は、とんでもない音の目覚まし時計を使っているのだ。

　彼が起きてくる前にドールの着替えをすませ、先に階下に下りていなければならないから、あまり時間に余裕がなかった。

「これは普段、着る服じゃないんですか？」

「それはパジャマといって、寝るときに着る服だよ」

　いつの間にか隣に来ていたドールに驚きながらも、倉斗はきちんと説明をしてやった。

気配を感じなかったのは、もとが猫だからだろうか。見た目は完璧な人間だが、少なからず猫の習性が残っているのかもしれない。

「これを着てみてくれないか」

生成りのコットンセーターと、細身の黒いパンツをドールに差し出す。

セーターの類《たぐ》いであれば、ゆったりしていても違和感がない。パンツはかなり細く仕立ててあるから、裾を折り返せばどうにかなりそうだった。

「着方はもうわかるよな？」

「はい」

両手で服を受け取ったドールが、ベッドに戻って行く。

歩くたびに、柔らかな髪がふわふわと揺れ動く。それがなんとも可愛らしい。

ちょっと抱きしめたい衝動に駆られたのは、彼が猫のドールだとわかっているからだろうか。

同性に惹かれたことなど一度もないというのに、妙に人の姿のドールに惹かれる。倉斗はそれが不思議でならなかった。

「これってどうやって着るんですか？」

パジャマを脱いで黒いパンツを穿いたドールが、コットンセーターを手に振り返ってきた。

パジャマの前には幾つものボタンがついていたが、コットンセーターにはそれがない。他の服を着たことがないのだから、ドールが戸惑うのもとうぜんだ。

「ああ、ごめん。これを着るときは頭から被《かぶ》るんだ」

ドールの手からコットンセーターを取り上げ、目の前で実演してみせる。

「わかった?」

「はい」

コットンセーターを渡すと、すぐさまドールが真似をした。

丸首の襟から頭がスポッと出てくる。乱れたふわふわの髪を、犬や猫のように素早くプルプルッと首を振って整えた。

と同時に、穿いたばかりのパンツがずり落ちてくる。サイズの合わないパンツを、ベルトなしで穿くのは無理そうだ。

クローゼットから細いベルトを取り出し、ドールが穿いているパンツに通してやり、締め方を教える。

「これでどう?」

「丁度いいです」

「いい感じだな」

たっぷりめのコットンセーターも、緩めのパンツも、まったく違和感がない。

まるで、あえてサイズの大きな服を選んで着ているかのようだ。

可愛らしい顔立ちと、華奢な身体つきが相まって、ファッション雑誌に載っていてもおかしくないように感じられた。

「自分で見てみるといい」

ドールが自身の姿をまだ見ていないことを思い出し、倉斗はクローゼットの扉裏についている鏡の前まで連れて行ってやる。

「えっ？　これが僕？」

「そう、なかなか可愛い男の子だろう？」

「なんか変な感じ……」

ドールは少し恥ずかしそうに頬を染めながらも、食い入るように鏡を覗き込んでいた。

「じゃあ、これから君はクリスだから、呼ばれたら忘れずに返事をして」

「はい」

「あと十五分か……」

淳平の目覚まし時計が鳴り響く時間が、刻々と迫ってきている。

「俺も着替えるから、そこに座って待っててくれないか」

「はい」

ベッドを指さすと、ドールは素直に鏡の前から離れた。

ドールの足取りが、心なしか弾んでいるように見える。

いきなり変身してしまったことで当初は困惑していたけれど、人間になった自分の姿を見て、少し楽しみたい気分になってきているのだろうか。

今のところ、人間として暮らしていかなければならないのだから、楽しんでくれたほうがこちらの精神的負担も減るというものだ。

とはいえ、この先のことがまったく読めないから、不安も尽きない。なにしろドールは猫なのだ。

人間になったことで、身体に不具合が起きたりしないのか。人間と同じ食事をしても大丈夫なのか。注意深く見守る必要がありそうだ。

「倉斗さん、あの……」

急にか細い声で呼ばれ、着替えの途中で振り返る。

「どうした？」

「あの……おしっこ……」

「あっ、そうか」

動物と人間では用の足しかたが違う。

いきなり人間になったのだから、知らないのもしかたない。他にも教えなければならないことが、幾つもありそうだ。

慌ただしく着替えをすませた倉斗は、もじもじしているドールの手を取り、階下にあるトイレに行くため急いで部屋を出た。

＊　＊　＊　＊

トイレの使い方を教わり、さらに人間は洗顔と歯磨きをするのだと習ったあと、ドールは食堂で朝食の用意をしている倉斗を見物していた。

願い事を間違えて人間になってしまったときには慌てたけれど、倉斗と言葉を交わせるだけでなく、同じ目線でものが見られることを嬉しく感じ始めている。

「ド……じゃない、クリス、そこの食器棚からお皿を出してくれないか」

「あっ、はい……」

倉斗に言われて返事をしたドールは、指し示された食器棚の前に立った。

ガラスの向こう側に重なっている皿が見える。けれど、ガラスがあるから取り出すことができない。

どうすればいいのだろうかと首を傾げて中を覗き込んでいると、倉斗の笑い声が聞こえてきた。

「ごめんごめん、ここの戸はこうやって開けるんだ」

脇から手を伸ばしてきた倉斗が、ガラスについている窪みに指を引っかけ、スーッと横にずらす。

「やってみて」

促されたドールは、彼が閉めたガラスの戸に恐る恐る指を引っかけ、そっと横に動かして見た。

「開いた！」

パッと顔を綻ばせて倉斗を見上げる。

自分で戸が開けられるなんて感激だ。嬉しくなったドールは、意味もなく食器棚のガラス戸を開けたり閉めたりする。

「その青い皿を四枚、出しといて」

「はーい」

言われるまま青い皿を取り出すと、倉斗がオヤッと言うように首を傾げた。

「色とか数とかは、ちゃんとわかるんだな」

「えっ？　そういえばどうしてだろう……」

「まあ、理由はどうあれ、生活していくのに不自由ないくらいの知識があるのはいいことだな」

倉斗はあまり深く考えるつもりがないようだ。

猫が人間に変身するという驚きに比べたら、知識があってもたいしたことに感じられないのかもしれない。

「おはよう」

大あくびをしながら、淳平が食堂に姿を見せた。

「うん？　誰？」

ドールを目にするなり、訝しげに眉根を寄せる。

「ああ、じいちゃんの知り合いのお子さんで、今日からうちで預かることになったクリスだよ。クリス、俺の従弟で居候中の淳平」

「は、はじめまして……」

倉斗に紹介されたドールは、おずおずと淳平に頭を下げた。

不躾な視線を向けてくる淳平とは、やはり仲よくなれそうにない。それでも、倉斗と倉一郎に迷惑をかけたくない思いがあり、神妙にしていた。

「クリスってハーフかなんか？　けっこう可愛いじゃん。俺、あんまり家にいないけど、よろしくね」

先ほどとは打って変わって、淳平はやけに愛想がいい。

もしかしたら、仲よくできるかもしれない。ニコニコしている彼を見て、ドールはそんなことを思う。

「あれ？　あのデブ猫、どうしたの？　いっつも倉兄のそばにいるのに」

淳平が大袈裟《おおげさ》にあたりを見回す。

「うん？　まだ俺の部屋で寝てるんじゃないか」

「そっ、あいつ可愛げないから、いないほうがいいや」

仲よくなれそうと思った矢先の感じの悪い言い方にムッとしたドールは、思わず頬をひくつかせる。

人間になった今なら言い返せる。馬鹿にするなと言ってやりたい。けれど、それができないから、苛立ちが募る。

「クリス、朝ごはんができたからじいちゃんを呼んできて、たぶん書斎にいると思う」

「あっ、はい」

倉斗にポンポンと尻を叩かれたドールは、背を向けている淳平を一瞥《いちべつ》して食堂を出た。

あのまま淳平のそばにいたら、我慢できなくなって余計なことを言っていただろう。

「なんか先が思いやられるな……」

仲よくしたいのは山々だが、やはり淳平とはうまくやっていけないような気がした。

「倉斗さんとおじいちゃんだけなら楽しいのに……」

そんなことを思いつつ、半開きになっている書斎の扉から中を覗き込むと、倉一郎は窓際に立っていた。

（おじいちゃん……）

どうやら、窓際の台に置いてある、真っ二つに割れた水晶玉を見つめていたようだ。

勝手に願い事をしたせいで、倉一郎の楽しみを奪ってしまった。そのことに、ドールはひどく胸が痛んだ。

「おじいちゃん、ごめんなさい……」

倉一郎のそばに歩み寄り、深く頭を下げた。

「ああ、ドール……ではなく、クリスだったな」

自分でつけた名前を忘れた倉一郎が、笑いながら見返してくる。

「ごめんなさい、僕が願い事なんかしなければ、おじいちゃんのお願いが叶ったかもしれないのに……」

「もう謝らなくていい。わしは伝説が事実だとわかっただけで嬉しいんだ」

「でも……」

「それに、人間になった猫と暮らせるなど、誰もが経験できることではないぞ、こんな楽しいことはないじゃないか」

倉一郎はおおらかに笑った。

優しさと陽気さに救われ、ようやくドールは笑顔を取り戻す。

「いきなり人間になってしまったから、生活に慣れるまで大変かもしれないが、倉斗は面倒見がいいから心配しなくても大丈夫だぞ」

「はい、倉斗さんにいろいろ教わりながら、少しずつ慣れていくようにします」

「ドールが家族の一員だったのだから、クリスも家族と同じだ。楽しく仲よく暮らしていこうな」

優しい言葉をかけられ、涙腺が緩みそうになる。

けれど、ここで泣いたりしたら倉一郎を困らせるだけだと思い、必死に涙を我慢した。

「あっ、あの朝ごはんの用意ができたんです、一緒に行きましょう」

用事を思い出したドールにうなずき返してきた倉一郎が、柔らかに笑ってドールの肩に手を回してくる。

「世の中には不思議なことがあるものだ」

楽しげに言った倉一郎が歩き出す。

どうして肩に手を回してきたのかわからなかったけれど、倉一郎の手に安堵感を覚えたドールは、胸に渦巻いていた不安が少し薄れた気がした。

水晶玉は割れてしまったから、たぶんもう猫に戻ることはできない。一生、人間として生きていくことになるだろう。

本意ではないけれど、自分はそうした運命にあるのだと、受け入れるしかない。

なにより、命の恩人である倉斗に、恩返しはできそうだ。猫にできることなどたかがしれているが、人間であればいろいろできそうだ。

(早く人間の暮らしに慣れなきゃ……)

これから人間として生きていく決心をしたことで、ドールは前向きに考えられるようになっていた。

＊　＊　＊　＊　＊

幸いにも仕事が休みだった倉斗は昼食を食べ終えると、ドールの服を揃えるために慌ただしく出かけて行った。

本当は一緒に連れて行きたいのだが、いきなり外に出るのは危険だということで、ドールは留守番をすることになった。

予備校に通っている淳平は午前中から出かけていて、とくにすることもないドールは書斎にいる倉一郎を見つけ、相手をしてもらっていた。

「倉斗はなぁ、仕事から戻るとよくドールの話をしていたんだ」

「本当ですか？」

書斎の隅に置かれている古びた長椅子に並んで腰かけているドールは、思いがけない話を聞かせてくれた倉一郎を大きな瞳で見返す。

倉斗がいったいどんな話をしていたのか、気になってしかたがない。先をせがむように瞳を輝かせる。

「おっとりしていて、可愛くて、ついついかまってしまうのだと言っていた」

「そうなんです！　倉斗さん、いつも僕をかまってくれていたんですよ。優しく抱っこしてくれて、毛の手入れも丁寧で、倉斗さんに触られるのが大好きでした」

ペットショップにいたころの楽しい思い出に、自然と声が弾んだ。

「それに、仕事している倉斗さんって、すごーく格好いいんです。他のスタッフさんからも慕われてて、お客さんにも人気があったんですよ」

「そういえば、倉斗が仕事をしている姿は見たことがなかったな」

「そうなんですか？　仕事中の倉斗さんって格好いいから、おじいちゃんにも見てほしいなぁ……」

嬉々として言ったドールは、展示ケースの中から眺めていた倉斗の姿を思い浮かべる。退屈だから眠っていることが多かったけれど、起きているときはいつも倉斗を目で追っていた。

倉斗は目が合うと、絶対に声をかけてくれたり、ときには展示ケースに寄ってきて、優しく頭を撫でてくれたりもした。

スタッフは誰もみな優しく接してくれたけれど、ドールは倉斗に触られるのがなによりも好きだった。

「どうした？」

急に黙り込んだのを不思議に思ったのか、倉一郎が顔を覗き込んでくる。

「もう倉斗さんに撫でてもらったり、抱っこしてもらえないんだなぁって……」

最高の幸せをもう味わえないのだと思ったら、なんだか急に寂しくなってしまい、ドールはがっくりと肩を落とす。

「猫のままのほうがよかったか？」

神妙な面持ちで倉一郎から訊ねられ、困惑も露《あら》わに見返す。

人間として生きていくしかないと決心してから、まだ幾らも経っていない。それなのに、猫のほうが幸せかもしれないと思い始めている。

「あの……本当に猫に戻ることができないんですか？」

ドールは躊躇いがちな視線を倉一郎に向けた。

こんなことを訊けば、困らせるだけだ。でも、訊かずにはいられなかった。

「戻りたいか……そうだな、人間になりたかったわけではないのだから、戻りたいと思うのは当然のことだな……」

倉一郎が思案顔で遠くを見つめる。

やはり困らせてしまった。こんな事態に陥ったのはすべて自分のせいだとわかっているから、ドールは居たたまれない思いになる。

「ごめんなさい、我がまま言って……」

「いいんだよ、我がままなどではないのだから、謝ることはない」

倉一郎が優しく肩を抱き寄せてくれた。

水晶玉にまつわる伝説など話さなければよかったと、今になって後悔しているのかもしれない。

けれど、あのときの倉一郎は、猫のドールが言葉を理解できるとは思ってもいなかったのだからしかたない。

この事態を招いたのは、水晶玉に間違った願い事をしてしまった自分に他ならないのだから、悔やんだりしてほしくなかった。

「大丈夫です、人間でいるのも楽しそうだし、僕、このままでいいです」

いくら強がって見せたところで、倉一郎には通じるわけもない。

「無理をするな。明日にでも、あの水晶玉を譲ってくれた知り合いに連絡をして、それとなく訊いてみることにするよ」

「本当ですか？」

「ああ、できるかぎりのことはしてみるから、しばらくはその姿で我慢してくれ」

「ありがとうございます」

倉一郎の言葉に感謝の気持ちでいっぱいになり、長椅子から立ち上がって深々と頭を下げた。

そのとき倉斗の足音を耳にしたドールは、パッと頭を起こして扉に目を向ける。

「倉斗さんが帰ってきました」

「うん？　ドアが開いた音は聞こえなかったが？」

書斎は最も玄関に近いのだから、倉一郎が訝しがるのも当然だ。

「あの……倉斗さんの足音が聞こえるんです」

「聴覚は猫のままなのか？」

「そうみたいです」

「なるほど、それは面白い」

興味深そうに倉一郎が見上げてくる。

「ただいまー」

ほどなくして玄関のドアが開き、倉斗の声が響いた。

「たいしたものだ」

感心気味にもらした倉一郎が長椅子から立ち上がり、ドールは一緒に書斎を出て行く。

「ああ、じいちゃんといたのか、服を買ってきたぞ」

廊下に上がった倉斗が、両手に提げている紙袋を掲げてみせる。

「俺、二階でドールじゃなくてクリスの部屋を用意するから、じいちゃん、用があったら声をかけて」

「ああ、わかった」

行っておいでというように倉一郎から尻を軽く叩かれたドールは、すでに階段を上がり始めている倉斗のあとをすぐさま追った。

「どうしてもドールって言っちゃうよなぁ……気をつけないと……」

倉斗のつぶやきが聞こえてくる。

ドールと呼ばれ慣れているから、本当ならそのまま呼んでほしい。けれど、人間でいるあいだはクリスなのだ。

（やっぱり猫に戻りたいなぁ……）

これまでのように倉斗にかまってもらいたい。ベタベタと躯を擦りつけて甘えたい。そんな思いに囚われる。

「こっちに来て」

二階に上がると、部屋の中から倉斗が手招いてきた。

そこは倉斗の部屋の向かい側で、誰も使っていない。

「今日からここがクリスの部屋だ。お客さん用の部屋なんだけど、ほとんど使ってないから、あとで掃除機をかけたほうがいいかもしれないな」

片手で促されて中に入ってみると、ほとんど倉斗の部屋と同じ造りだった。

今夜から倉斗と一緒に寝られないのだと思ったとたん、急激な寂しさに襲われた。

けれど、今の自分は猫ではないのだから我慢しなければいけないと、ドールは自らに言い聞かせる。

「とりあえず、パジャマと下着、それと服をいろいろ買ってきた」

ベッドの脇に立った倉斗が紙袋を逆さまにすると、バサバサと衣類が落ちてきた。

「今日はその格好のままでいいから、明日からは自分で好きなのを選んで着るんだぞ」

「はい、ありがとうございました」

自分のために倉斗が買ってきてくれた服を、しみじみと眺める。

水色のパジャマ、白い下着、紺とベージュのズボン、それに、細かい柄と無地のシャツが何枚かと、ざっくりとした丸首のセーターだ。

「さてと、とりあえず服を片づけるか……」

「これをですか？」

「そう、あそこにあるタンスの引き出しに入れておくんだけど、その前にきちんと服を畳まないとな」

ベッドの端に腰かけた倉斗から隣に座るよう片手で示され、ドールはちょこんと腰かける。

「こうやって袖を上に載せて、畳んでいくんだ」

膝の上で広げたシャツを、倉斗が丁寧に畳んでいく。

シャツを手に取ったドールは、見よう見真似で畳んでみたけれど、あまり上手くいかなかった。

「変なの……」

「初めてにしてはなかなか上手いじゃないか、慣れればもっと綺麗に畳めるようになる」

自分では変だと思ったのに誉められ、ちょっと嬉しくなる。

すぐさま別のシャツを取り上げ、先ほどより慎重に畳んでいく。

「ここを引っ張ると皺《しわ》にならないで、綺麗に畳める」

脇から手を伸ばしてきた倉斗が、コツを教えてくれる。

「そうそう、上手いぞ」

またしても誉められ、ますます嬉しくなった。

こうして倉斗と一緒になにかをできるのも、人間の姿になったからだ。これはこれで悪くない。

猫に戻りたいという気持ちと、人間のままでもいいかもしれないという気持ちが、ドールの中で交錯する。

「で、畳んだらこうやって重ねて、あの引き出しに入れるんだ」

畳み終えたシャツを重ねた倉斗が、それを持って立ち上がり、壁際に置かれているタンスに向かう。

そばで見ていなければと思ったドールは、急いでベッドから腰を上げ、倉斗にくっついていった。

「たいした量じゃないから、全部この引き出しにしまってかまわない」

重ねた服を片手に載せた倉斗が、タンスの引き出しを開ける。

中は空《から》っぽで、勢いよく飛び込んで丸くなりたい衝動に駆られた。

ところどころ猫の習性が残っているのが、自分でもおかしく感じる。

「どうした？」

思わずもらした笑い声を耳にした倉斗が、眉根を寄せて振り返ってきた。

「この中で寝たら気持ちよさそうだなと思って……」

「ここで?」

呆れたように引き出しの中を指さしたけれど、すぐに人間の姿をした猫であることを思い出したようだ。

「そうか、そうだな、こういう狭い場所が猫は大好きなんだよな」

「でも、今は無理ですよね」

「さすがに、その姿じゃ無理だな」

互いに顔を見合わせて笑う。

こうして倉斗と話をしていると、どんどん楽しくなっていく。

猫に戻れるかどうかわからないからといって、思い悩んでもしかたない。

今は人間の姿なのだから、人間としての生き方を楽しんだほうがいい。

そんな開き直りに近い考えが、ドールの脳裏を過った。

「こうやって、ここに畳んだ服を入れて、引き出しを閉めたらおしまい」

「脱いだ服も畳んでここに入れればいいんですか?」

「ああ、一回、着た服は洗濯するから、下にある洗濯機に入れ……そうだ、淳平が帰ってくる前に、お風呂の入り方を教えておかないとまずいな」

ふと思い出したように言った倉斗を、ドールは首を傾げて見返す。

「お風呂って?」

「ペットがシャンプーするのと一緒で、人間も身体を洗うんだ」

「へぇ……」

「とにかく、さっさとあれ片づけてお風呂に入ろう」

倉斗がベッドを指さす。

「はい」

早く風呂に入りたくなったドールは、元気よく返事をしてそそくさとベッドに戻り、残りの服を畳み始めた。

ペットショップにいるとき、何度かシャンプーをしてもらったことがある。

展示されている子猫や子犬は、早いサイクルで新しい家族として客に迎えられるため、シャンプーを体験することなくショップから姿を消す。

けれど、ドールは売れ残って大きくなってしまったため、定期的に倉斗がシャンプーしてくれたのだ。

初めて躯が濡らされたときは、気持ち悪さに鳴き声をあげ、倉斗の手から逃れようともがいた。

それでも、シャンプーで泡立った躯を大きな手でワシャワシャされ出したら、あまりの気持ちよさに虜《とりこ》になってしまったのだ。

人間の身体には猫のような長い毛が生えていない。この身体を洗うと、いったいどんな感じがするのだろうか。

興味が尽きないドールは、早く風呂に入りたい思いから、せっせと服を畳んでいた。

＊　＊　＊　＊　＊

湯船の縁に裸で腰かけているドールは、泡立てたスポンジで身体を擦っている倉斗を、興味津々の顔で見つめていた。

洗い方のお手本を示してくれている倉斗の逞しい身体が、どんどんふわふわの泡にまみれていく。

（気持ちよさそう……）

自分でも身体を洗ってみたくなり、湯船の縁から立ち上がったとたん、泡が滴《したた》り落ちている床に足を取られた。

「うわっ」

咄嗟に倉斗にしがみつき、バランスを崩しただけで事なきを得たが、目と鼻の先で笑われて顔が真っ赤に染まる。

「滑るから気をつけないと転ぶぞ」

「ごめんなさい……」

不用意に立ち上がった己を恥じ、顔を赤くしたまま俯く。

「自分で洗ってみるか？」

「はい……」

「じゃあ、ちょっと待って」

そう言った倉斗が蛇口のレバーを動かし、シャワーで身体についた泡を洗い流す。

綺麗に流し終えると、今度はドールの身体にシャワーをかけてきた。

身体を濡らしてからシャンプーをするのは猫も一緒だけど、直に肌にあたる湯の感覚が気持ちいい。

「はい、これを使って」

洗ったスポンジに新しいボディシャンプーをつけた倉斗が、少し泡立ててから渡してくれた。

風呂場の棚には幾つも容器が並んでいて、倉斗が最初にひとつひとつ説明してくれた。

身体を洗うのはボディシャンプー、髪を洗うのはシャンプー、もうひとつコンディショナーというのがあり、それはシャンプーをしたあとに使うのだと教えられた。

猫のときは頭から尻尾の先までシャンプーひとつですんだけれど、場所によって違うものを使う人間は、なにかと面倒な生き物のようだ。

スポンジを手にしたドールは、倉斗がしたようにまずは首や耳の後ろを洗い、それから胸や腕を丹念に擦り始めた。

どんどん身体が泡で白くなっていく。それがなんとも面白くて、身体の隅々まで無心に擦る。

「そこもちゃんと洗わないとダメだぞ」

「えっ？」

夢中になっていたドールは、倉斗から指さされた場所に視線を向けた。

そこは臍《へそ》の下で、ちょろっと短い毛が生《は》えていて、その下にいわゆるおしっこをする道具がぶら下がっている。

少し前にそこを洗おうとしたら、スポンジが触れた瞬間に変な感じがした。だから、避けるようにして他を擦っていたのだ。

あまり触りたくない思いがあるのだが、どうしても洗わないといけない場所なのだろうか。

「ここも？」

「そう」

手を伸ばしてスポンジを取り上げた倉斗が、ドールの臍の下を洗い始める。

「ひゃっ……」

ぶら下がっている道具まで丹念に擦られ、そこがぞわぞわしてきた。

気持ちいいような、悪いような、なんとも言い難い感覚で、腰が前後に揺れ動く。

「ひゃふ」

脚のあいだの奥までスポンジで擦られ、全身がカーッと熱くなると同時に、ぞわぞわしていたのがむずむずに替わり、思わず変な声をあげてその場にしゃがみ込んだ。

「ド……ドール……なんだそれ……ど、どうして……」

身体を小さく丸めているドールの上から、慌てふためいた倉斗の声が降ってくる。

「ドール、いったいなにが……」

目の前に膝をついてきた倉斗が、ドールの尻に手を回してきた。

「きゃっ」

思いきり尻尾を掴まれて悲鳴をあげたが、それがおかしいことにすぐ気づく。

人間の姿になっているのだから、尻尾などあるはずがない。でも、間違いなく尻尾を掴まれている。

絶対にありえないことなのに、掴まれている感覚があるドールは、恐る恐る尻に手を回してみた。

「うそ……」

ふさふさの長い尻尾が手に触れ、驚愕の面持ちで目の前にいる倉斗を見つめる。

「ドール、いったいなにが……」

尻尾から手を離した倉斗が、今度は頭に触れてきた。

嫌な予感がした瞬間、耳を掴まれ息を呑む。

人間の耳は顔の横についている。それなのに、耳を掴まれている感覚があるのは、そこに耳があるからだ。

「なんで？」

鏡の存在を思い出し、しゃがんだままあたふたと振り返ったドールは、映し出された己の姿に愕然とした。

顔も身体も人間のままだ。けれど、頭には毛に覆われた三角形の耳がある。そればかりか、背中の後ろで長くて太い尻尾が揺れ動いているのだ。

「倉斗さーん……」

半べそで倉斗を振り返る。

「どうしよう……このままじゃ、お風呂から出られないよー……」

ドールに泣きつかれた倉斗は、唸り声をもらすばかりだ。

当事者ですら突如として現れた耳と尻尾に驚いているのだから、倉斗の驚きは計り知れない。泣きつかれたところで、困るだけだろう。

それでも、救いを求める相手が他にいないドールは、泣きながら倉斗に縋り付く。

「倉斗さーん、なんとかしてー」

「落ち着け、とにかく落ち着くんだ」

自らに言い聞かせるようにつぶやきながら、シャワーを手にした倉斗が蛇口のレバーを動かす。

「水だけど我慢して」

いきなり冷たいシャワーを身体にかけられ、驚きの顔で見返す。

「お風呂に入って耳と尻尾が出たってことは、お湯で身体が温まったせいかもしれないだろう？」

　とにかく倉斗は、思いつくかぎりのことを試してみるつもりなのだろう。耳と尻尾を消すためなら、冷たいなどと言っていられない。非常事態であることは百も承知だから、ドールは水のシャワーを我慢して浴びた。

「冷たいよう……」

　火照《ほて》っている身体には水がよけいに冷たく感じられたが、ただただ歯を食いしばって堪える。

　そうこうするうちに、泡が洗い流され、身体の火照りも収まってきた。と、そのとき、頭と尻にもやもやとしたなにかを感じた。

「あっ、消えた……」

　倉斗の小さなつぶやきに、ドールは頭と尻を同時に手で探る。

「ない……」

　尻尾と耳が跡形もなく消えていた。

「さむっ……」

　安堵する間もなく身震いをし、両手で己の身体を抱きしめる。

「早く身体を拭かないと」

慌ただしくシャワーを止めて立ち上がった倉斗が、ドアを開けて脱衣所に出た。

「ドール、こっちに来て」

腰にタオルを巻きつけた倉斗に呼ばれ、のそのそと立ち上がって風呂場を出る。

「寒かっただろう」

大きなタオルでドールの身体を頭から包み込み、ゴシゴシと擦ってくれた。

濡れた身体が乾いてくるに従い、寒さを感じなくなってくる。

それでも、また突然、尻尾と耳が現れたらどうしようかと不安で、いっこうに気持ちが落ち着かない。

「まだ寒いか?」

心配そうに訊ねてきた倉斗に、大丈夫と首を横に振る。

「じいちゃんに理由がわかるとは思えないけど、とにかく着替えたら相談してみよう」

「はい……」

コクリとうなずいたドールは、倉斗に促されるまま服を身に着け始めた。

いったい自分の身になにが起きたのか。まったく見当がつかない。

倉斗が言ったように、倉一郎にも答えは出せないような気がする。

それでも、このままやり過ごすことはできない。淳平がいるときに、もし耳と尻尾が現れたりしたら、それこそ一大事だ。

なにかきっかけがあるはずなのだ。それをなんとしてでも探り出さなければならない。

二度とあってはならないことだけに、藁にも縋る思いでいるドールは、忙しなく着替えを進めていた。

＊　＊　＊　＊　＊

「それにしても、理解し難いことがいろいろ起きるものだな」

倉斗から風呂場での出来事を説明された倉一郎が、長椅子にちょこんと座ってしゅんとしているドールをしみじみと眺めてくる。

「じいちゃんはどうしてだと思う？」

椅子に座っているドールを見ていた倉一郎が、大きな机の端に尻を預けている倉斗を振り返った。

「湯を浴びて体温が上がったせいとは思えんなぁ」

「なんで？　水を浴びさせたら消えたんだよ」

倉一郎から否定的な意見を口にされた倉斗が、眉根を寄せて腕を組む。

ドールは神妙な面持ちで、黙って二人を見つめた。

困らせてばかりで、申し訳ない思いばかりが募る。

いったい自分の身体はどうなってしまったのだろうか。本来は猫なのに、人間になったりしたから、身体が変なことになっているのかもしれない。

耳と尻尾は今のところ消えているけれど、また不意に現れやしないかという不安から、ドールは無意識に何度も頭や尻を触っていた。

「そうだとしても、なにかもっと決定的な理由があるような気がするのだよ」

「決定的な理由ねぇ……」

腕組みをしている倉斗が、わからないと左右に首を振る。

ペットショップではいつも笑顔を絶やさなかったのに、ドールが人間に変身してからというもの、倉斗は驚いた顔や難しい顔をしてばかりだ。

猫のままだったら、きっと笑顔だけを見ていられただろう。そう思うと、どんなことをしてでも猫に戻ったほうがいいような気がした。

「身体を洗っている最中だと言ったな？　ドールはなにか覚えがないか？」

しばらく思案げに首を捻っていた倉一郎が、椅子に腰かけたまま身を乗り出してドールをじっと見つめてくる。

クリスという名前をつけてくれたのに、すっかり忘れてしまっているのか、先ほどから二人ともドールと呼んでいた。

こんなことでは、淳平がいるときに呼び方を間違えないだろうかと心配になる。とはいえ、今はそれどころではない。

「ドール、なにか思い当たることない？」

倉斗からも同じように見つめられ、ドールは風呂場にいたときのことを一生懸命、思い起こす。

「えーっと……あのとき……」

「思い出した？」

ドールのつぶやきに表情を明るくした倉斗が、机から離れて長椅子に向かってくる。

「どんなことでもいいから話して」

そう言いながら隣に腰かけた倉斗を、ドールは真っ直ぐに見返す。

「倉斗さんにここもちゃんと洗うんだよって言われて、スポンジで擦られたら急に身体がカーッとなって……」

自分の臍の下あたりを指さして説明をすると、倉斗は一瞬、表情を険しくしたかと思うと、なにかを思い出したかのように何度もうなずいた。

「ああ、そうだ、そうだ、あのとき妙な声をあげたよな？」

「なんだかぞくぞくして、そうしたら僕……」

ドールが最後までいうことなく、倉一郎が口を挟んでくる。

「なるほど、おちんちんを刺激したのがきっかけのようだな」

「ちょっと触ったくらいで、そんなに感じるものじゃないけど……もしかして、発情期と関係しているのかな？」

二人の話がよく理解できなかったドールは、きょとんとしてしまう。

「倉斗さん、発情期ってなんですか？」

わからないことは訊いてみるしかない。

知らない言葉が、まだまだたくさんあるのだ。

「動物は子孫を残すために、自然に牡《おす》と牝《めす》が交尾をするようになるんだけど、牝が赤ちゃんを産む準備が整っているときを発情期っていうんだ。ただ、発情期の牝が近くにいないと牡は興奮しないんだよなぁ……」

「今は人の姿になっているとはいえ、聴覚は猫のときのままのようだから、嗅覚もそのまま残っていて、無意識に牝猫の匂いを嗅ぎつけたのかもしれんぞ」

「まあ、確かにドールはもう八ヶ月だから、敏感になってるのかもしれないな」

「そう考えるのが自然だろう」

どうやら二人は、今回の一件に発情期が関係していると結論づけたようだ。

けれど、牝猫の匂いはまったく感じた記憶がない。あのときはボディシャンプーの香りに包まれていたから、自分では気がつかなかっただけなのだろうか。

「ということは、完全な人間になってないってことだよね？」

「なにかの拍子《ひょうし》に猫に戻ることもあり得るか……」

顔を見合わせて話をしていた倉斗と倉一郎の表情が、にわかに明るくなった。

猫に戻れるのなら、すぐにでも戻りたい。とはいえ、その方法が見つかったわけではないのだから、しばらくは人間でいるしかない。

またいつ尻尾と耳が出るかもわからないのに、人間として普通に過ごせるのだろうかと不安になった。

「あのう……僕はどうしたらいいんでしょうか？」

「とにかく淳平がいるときに、耳と尻尾が出ないようにしないとな」

「そんなこと言われても……」

自分の意思で出さないようにできるのあれば、なにも問題はない。前触れもなく現れたから困っているのだ。

「そこを刺激しなければ大丈夫だと思う」

「ここ?」

倉斗が指さしてきた脚のあいだに、ドールは首を傾げつつ視線を落とす。

「そこは人間の生殖器で、刺激すると興奮して大きくなるんだ。だから、そこが気になっても触ったらダメだよ」

「でも、おしっこするときに……」

トイレで用を足すときは、周りに飛び散らないよう指で摘まむのだと教えてくれたのは倉斗だ。

触らなかったら用を足せない。もう、どうしたらいいのか、まったくわからない。

「ちょっとのあいだ摘まんでるくらいならかまわんよ」

倉一郎に笑いながら言われ、ドールはようやく安堵した。

「わかりました……」

「しかし、耳と尻尾がある姿をわしも見たかったな。あれだろ、若い子のあいだで流行《はや》っているネコミミとかいうのを着けているような感じなのだろう?」

急に陽気な声をあげた倉一郎が、両手を額の上にあてて指を前に倒す。

ネコミミとはなんだろうか。そのまま猫の耳ということだろうか。猫の耳は取り外したりできないのだから、それを着けるのが流行っているなんて想像がつかない。

「そうそう、ちょっとしたコスプレって感じで、なんかすごい可愛かった」

「ドールはもともと可愛いからな、また出たときはわしを呼んでくれ」

「じいちゃん、面白がってるだろう？　さっきはすぐに消えたからよかったけど、次も消えるかどうかわからないんだから、出ないことを祈っててくれないと困るよ」

「すまなかった、ちょっと興味が湧いてしまってな」

倉斗に窘められた倉一郎が、ドールを見ながら苦笑いを浮かべる。

ネコミミとコスプレの意味はわからなかったけれど、尻尾と耳が出てしまったときの姿を倉斗に可愛いと言われ、ドールはまんざらでもない気分になった。

「あっ、もうこんな時間か……」

柱の時計にふと目を向けた倉斗が、おもむろに長椅子から立ち上がる。

「夕飯の支度をするから手伝って」

「はい」

倉斗に言われ、ドールはすぐに腰を上げた。

「わしはちょっと出てくるから、夕飯はいらんぞ」

「わかった」

倉一郎に返事をした倉斗が、床に置かれたいろいろなものを避けながら扉に向かう。

倉斗に続いて書斎を出たドールは、静かに扉を閉めた。

「ドールと二人だから、なににするかなぁ……」

「淳平さんは食べないんですか？」

素朴な疑問を向けつつ、食堂に向かって足早に歩く倉斗を追いかける。

「バイト先で夕飯が出るから、平日はウチで食べないんだ」

「そうなんですね」

ドールはなるほどとうなずきながら、夕食の時間は倉斗と二人きりで過ごせるのだとわかり胸を撫で下ろした。

急に尻尾と耳が現れた原因を、倉斗たちは発情期ということで納得したようだが、ドールはいまだに不安を抱えている。

もしかすると、生殖器を触らなくても、いきなり尻尾と耳が出てくるかもしれない。

淳平がいるときに、もしそんな事態に陥ってしまったら、また新たな問題を抱えることになる。

だから、できるだけ淳平と一緒にいたくない。一緒に暮らしているのだから、どうしても顔を合わせることになるだろうが、その時間は短いほうがいいに決まっている。

「なにか食べたいものってあるか？　って言っても、料理のことはわからないよな」

訊くだけ無駄だと気づいたのか、ドールに視線を向けてきた倉斗が自分に呆れたように笑う。

「いつも倉斗さんは自分で食事を作ってるんですか？」

「じいちゃんとの二人暮らしが長いから、自然に自分で作るようになったんだ。学生のころはお弁当も作ってたんだぞ」

「お弁当って？」

「ドールにはわからないか……今度、作ってやるよ」

「本当に？　ありがとうございます」

なんだかよくわからないけれど、自分のために倉斗が作ってくれるというのが、すごく特別なような気がして声が弾んだ。

「ドール……じゃなくて、今はクリスか……まあどっちでもいいけど、人間になっても素直で可愛いな」

ドールの肩にポンと手を置いてきた倉斗が、わざとらしく顔を覗き込んでくる。

端整な顔が間近に迫ってきて、ちょっと慌てた。胸はドキドキするし、耳や頬が熱い。

ペットショップにいるときも、よく顔を近づけてきて鼻を擦り合わせてくれたけれど、人間になって同じようにされるとなんだか酷く恥ずかしい。

「顔が赤くなってるけど、どうかしたか？」

「えっ？　べつに……」

なんでもないと首を振ると、倉斗はそれ以上はなにも言うことなく前に向き直った。

「じいちゃんがいないから、こってりしたナポリタンにするかな」

「ナポリタン？」

「出来上がってからのお楽しみ」

倉斗はナポリタンがどんなものかを教えてくれなかったばかりか、悪戯っぽい笑みを浮かべる。

「じゃあ、楽しみに出来上がるのを待ちます」

笑顔で答えると、倉斗が頭をくしゃくしゃと撫でてくれた。

まるで、「いい子だね」と言われたようで嬉しい。

（倉斗さんとお喋りできて楽しいなぁ……）

自分勝手だとわかっているけれど、このまま人間でいたいと思ってしまう。

倉斗と言葉を交わしたり、触れ合えるのが楽しくてしかたないのだ。

（猫に戻れるかどうかもわからないし……）

本当は猫だけれど、今は人間の姿になっている。

一生、元に戻れないのか、いつか戻れるときがくるのか。現状では誰にも答えが出せないのだから、あれこれ思い悩むよりはやはり人間として楽しんだほうがいい。

大好きな倉斗と並んで歩くドールは、改めて覚悟を決めていた。

第四章

ドールが人間の姿になって一週間が過ぎた。

身体にはこれといった変調もなく、あの日以来、耳と尻尾も出ていない。

淳平にいたっては、まったく疑う気配もなく、倉一郎の知り合いの子供だと信じきっている。

数日前くらいまでは、淳平もドールの姿が見えないことを気にしていたが、倉斗に「おまえが嫌ってるから隠れてるんだ」と言われて納得したのか口にしなくなった。

そのていどの理由で納得したのは、きっと家が広いからだろう。なにしろ、猫が隠れるような場所が山ほどあるのだから、淳平がそんなものかと思うのも理解できる。

クリスが猫のドールとは知る由《よし》もない淳平は、年の近い弟ができたような気分でいるのか、なにかと先輩風を吹かした。

とはいえ、感じが悪いわけではなく、わからないことがあると率先して教えてくれたりしている。

猫のドールに対する態度とは雲泥《うんでい》の差で、思うところはいろいろあったけれど、倉斗に仲よくするようにと言われているから、不満は胸の奥にしまっている。

洗濯と掃除が居候している淳平の役目らしく、予備校に出かける前に慌ただしくすませるのが日課だ。

建前《たてまえ》は同じ居候であるから、ドールも淳平の手伝いをしている。洗濯機の使い方や洗濯物の干し方、さらには掃除機の扱いも教えてもらい、どうにかひと通りのことはできるようになっていた。

二人で洗濯と掃除をすれば時間も短くてすむ。以前よりも余裕ができたらしい淳平は、予備校に行く前に食堂でコーヒーを飲みながらひと休みしている。

「あんまり天気がよくないから、雨が降りそうだったら洗濯物を取り込んどいてよ」

「わかりました」

マグカップに残っているコーヒーを一気に飲み干した淳平に、ドールは素直にうなずき返した。

ドールの手元にもマグカップがあるが、中身は温めた牛乳だ。とくに食べられないものはないのだが、どうしても苦《にが》みだけは馴染めず、飲み物はもっぱら牛乳だった。

淳平は牛乳を飲むドールを見て、「まだまだ子供だなぁ」とからかってくるが、倉斗は苦手なものを無理に口にすることはないと言ってくれていた。

「やばっ、遅れる」

マグカップをテーブルに置いて椅子から立ち上がった淳平が、床に置いてある大きなショルダーバッグを取り上げ、肩から斜めがけにする。

「じゃ、予備校に行ってくるから、あとはよろしく」

ドールに言い残して食堂を出た淳平が、バタバタと廊下を走っていく。

「予備校ってどんなところなんだろう……」

子供のころから何年も学校に通い、様々な知識を身につけるのだと倉斗が教えてくれたけれど、まったく想像がつかない。

ちょっと興味があるものの、学校になど通えるわけがないとわかっているから、さすがに倉斗には言い出せなかった。

「学校は無理でも、外に出てみたいな」

倉斗には絶対に外に出てはいけないと、きつく言われている。

いつ耳と尻尾が現れるかわからないから、怖くて外を歩かせたくないのだろう。

「ずっと家にいるのってつまらない……」

毎日のように出かけて行く倉斗と淳平を見ていると、羨ましくてしかたない。日がな一日、書斎に籠っている倉一郎ですら、たまに外出するのだから、ドールが出かけてみたくなるのも当然のことといえた。

「倉斗さんは心配するけど、もう平気だと思うんだよなぁ……」

あの日から一度も耳と尻尾が出ていないのは、倉斗たちから言われて用を足す以外には絶対、生殖器に触れないようにしているからだ。

風呂では泡を纏わせるだけで、擦らないようにしている。刺激を与えなければ大丈夫なのだから、家にいるときと同じようにしていれば問題ないはずだ。

倉斗にあまり無理は言いたくなかったけれど、外の世界に対する興味が尽きないドールは、仕事から戻ったら頼んでみようと思っていた。

＊＊＊＊＊

取り込んだ洗濯物を居間で畳んでいたドールは、倉斗の足音を聞きつけるや否《いな》や立ち上がり、玄関に駆けていく。

「おかえりなさい」

廊下の端でしばらく待ち、玄関の扉が開くと同時に満面の笑みで迎える。

一日のうちで、一番、嬉しい瞬間だ。

「ただいま」

毎日のように先回りしているから、倉斗はもう驚くこともなく、笑顔を向けてくる。

「なにか変わったことはなかったか？」

靴を脱いで廊下に上がった倉斗が、ドールを真っ直ぐに見つめてきた。

帰宅した彼は、真っ先にドールの身体に変化がないかを確認するのだ。それだけ心配してくれるのだと思うと、申し訳ないやら嬉しいやらで複雑な気分だった。

「どこも変わったところはないです」

「そうか、よかった」

安堵の笑みを浮かべた倉斗が、廊下を歩き出す。

仕事から帰った彼が真っ先に向かうのは食堂だ。仕事で疲れているはずなのに、休むことなく夕食の準備を始める。

倉斗曰《いわ》く、倉一郎を待たせたくないだけでなく、腹を満たしてからのほうがゆっくり休めるからだそうだ。

「待って、倉斗さん」

すぐにあとを追い、倉斗の腕を取る。

倉斗が家にいるあいだは、いっときもそばを離れたくないから、玄関で出迎えると一緒に食堂に行くのだ。

そのときは、いつもべったりと倉斗にくっついている。身体を寄せていると、驚くほど安心した。

さすがにもう抱っこはしてもらえないから、淳平がいないときはこうして纏わりついているのだ。

甘ったれな性格を知っているからか、ベタベタしても倉斗は怒ったりしない。そればかりか、「そういうところは猫のままだな」と言って笑った。

「倉斗さん、明日お休みですよね？」

「ああ」

「僕、外に出てみたいです。近所でいいから、連れて行ってください」

並んで歩きながら、大きな瞳で倉斗を見上げる。

「でも、急に耳と尻尾が現れる可能性があるからなぁ……」

渋い声をもらした倉斗が、困り顔で見返してきた。

我がままを言ってはいけないという思いよりも、外に出てみたい気持ちが強いドールは、簡単に引き下がるつもりがない。

「大丈夫ですよ、もう一週間になるけど、あれきり耳と尻尾は出てないじゃないですか」

「そうだけど、絶対に大丈夫とは言えないだろう？」

「ちょっとだけ、倉斗さん、ちょっとだけでいいから」

駄々を捏《こ》ねる幼子《おさなご》のように、乗り気でない倉斗の手を掴んで大きく左右に振った。

「本当にちょっとだけでいいんです」

「まったく、しょうがないなぁ……」

根負けした倉斗が、しかたなさそうに笑う。

「連れて行ってくれるんですか？」

「ああ」

「わーい！　ありがとうございます」

声を弾ませたドールは、歩きながらぴょんぴょん跳びはねる。

やっと家の外に出られると思うと、嬉しくてたまらない。

猫のときですら、外に出たことがないのだ。いったい、外はどうなっているのだろう。

生まれて初めての体験に、今から胸が躍る。

「古い家だから、そんなに跳びはねたら床が抜けるぞ」

「えーっ、ごめんなさーい」

跳ぶのをピタリとやめたドールは、おとなしく倉斗の腕に手を絡めて歩く。

確かに、たまに廊下を歩いているとみしみしと音が鳴る。

家を壊したりしたら大変だという思いから、自然と歩き方が慎重になった。

「あっ」

「どうした？」

「すみません、洗濯物を片づけてからお手伝いしにいきます」

食堂に向かう途中にある居間を通りすぎたところで、洗濯物を畳んでいる途中だったことを思い出したのだ。

「慌てなくていいぞ」

「はーい」

倉斗の腕を放して居間に入ったドールは、元気な声で返事をして洗濯物を前に座る。

大きな音がするから、掃除機をかけるのは好きじゃない。けれど、乾いた洗濯物を畳むのは、太陽の匂いがして好きだった。

「どこに連れて行ってくれるのかなぁ……」

残りの洗濯物を畳み始めたドールは、初めての外出ができる喜びに顔を綻ばせていた。

第五章

暖かな陽差しに包まれた午後、倉斗に連れられたドールは近所の商店街に来ていた。

華奢な身体に纏っているのは、生成《きな》りのセーターと、細身の黒いパンツ。靴の用意がなかったので、足元は庭に出るときに履くサンダルだ。

倉斗はたくさんの服を買ってきてくれたけれど、ドールの一番のお気に入りは今日の装いだった。

かつて倉斗が身に着けていた服を自分が着ていると思うと、それだけで嬉しいのだ。

「いきなり人混みに出て興奮してないよな？　耳と尻尾が出そうな気配はないよな？」

何分かおきに、倉斗が心配そうに顔を覗き込んでくる。

「大丈夫ですよ、変な感じがしたらすぐ倉斗さんに言いますから」

心配性の倉斗を笑いながら見返す。

薄い桜色のオーバーシャツに、黒いパンツを合わせた倉斗が、いつも以上に格好よく見える。

晴れ渡った空の下にいるからだろうか。ちょっと眩しげに目を細めたりすると、さらに格好よさが倍増して、つい見惚れてしまう。

「いまでもそこそこ賑わってる商店街だけど、俺が子供のころはもっと人が多くて賑やかだったんだぞ」

「へぇ……」

迷子にならないよう倉斗の腕をしっかり取っているドールは、興味津々とあたりを見回す。

子供から高齢者まで、本当にいろいろな人が歩いている。圧倒的に女性のほうが多く、若い男性はほとんど見かけなかった。

「女の人ばっかりですね？」

「平日の昼間だからな、夕方になると仕事帰りのサラリーマンや学生が歩いている」

なるほどとうなずきつつ、ふと漂ってきた甘い香りに鼻をひくつかせる。

「なんか甘い匂いがする……」

「ああ、たい焼き屋がそこにあるからだ、食べてみるか？」

「はい」

なんだかよくわからなかったけれど、元気に返事をして倉斗についていく。

甘い匂いがどんどん強くなってくる。口の中は唾液でいっぱいだ。

「あら、倉斗君、久しぶりね」

甘い匂いの元に辿り着くと、店の中にいる高齢の女性が笑顔で出迎えてくれた。

「おばちゃん、つぶあんとカスタードをひとつずつ」

女性と倉斗はとても親しげだ。もしかすると、倉斗が小さいころからある店なのかもしれない。

店の前にガラスの箱があり、その中に妙な形をした茶色いものが並んでいる。これがたい焼きというものなのだろう。

それにしてもいい匂いだ。ドールは溢れそうになってきた唾液をゴクリと飲み下す。

「はい、つぶあんとカスタード。二つで三百円よ」

たい焼きをひとつずつ白い紙の袋に入れた女性が、笑顔で倉斗に差し出してくる。

「お隣にいるのは倉斗君の彼女？　可愛いわねぇ、髪なんかふわっふわで」

「やだなぁ、違うよ。クリスは男の子だし、ウチで預かっているじいちゃんの知り合いの子」

笑いながら否定をした倉斗が、尻のポケットから小さな財布を取り出す。

「あらま、男の子だったの？　びっくり」

素《す》っ頓狂《とんきょう》な声をあげた女性が、大袈裟に驚く。

「はい、三百円。おばちゃん、またね」

女性に硬貨を渡した倉斗が店をあとにし、ドールは再び並んで歩き出す。

「たい焼き屋のおばちゃん、ドールを俺の恋人だと思ったみたいだけど、そんなふうに見えるのかなぁ……」

「恋人ってなんですか？」

不思議そうに顔を覗き込んできた倉斗を、大きく目を瞠って見返す。

「お互いに好き合っていて、付き合ってるってこと」

「僕、倉斗さんのこと好きです」

素直な気持ちを言葉にすると、倉斗が小さく笑った。

「ありがと、でも、その好きとはちょっと違うんだ。恋しいとか愛《いと》しいとか、そんな特別な感情なんだけど、まだクリスにはわからないかもしれないな」

そう説明してくれた倉斗を、睫を瞬かせつつ見つめる。

倉斗のことが大好きだ。それは特別な感情ではないのだろうか。恋しいとか愛しいとか言われても、確かによくわからない。いったい、なにが違うのだろうか。

「はい、これがたい焼き」

あれこれ考えていると、倉斗が白い紙袋をドールに手渡してきた。

「熱い……」

「焼きたてだから気をつけて」

「はい……」

落とさないように注意をしながら袋の中を覗き込むと、甘い匂いがぐっと強まった。

「中身が違うから半分、食べたら交換しよう」

「中になにか入ってるんですか？」

「そっちがあんこで、俺のがカスタードクリーム、って言っても、クリスは食べたことがないからわからないか」

そう言いながら、倉斗が紙袋の中からたい焼きを半分くらい引き出し、がぶりと先端に齧《かじ》りつく。

ドールもさっそく真似をして、袋から出したたい焼きを齧ろうとしたが、熱くて噛み切れなかった。

「あちち……」

「焼きたてだって言っただろ？　クリスは猫舌《ねこじた》なんだから、無理しないで冷ましてから食べたほうがいいぞ」

「はーい」

　倉斗に笑われた恥ずかしさに頬を染めたドールは、上目遣いで見返しつつたい焼きに息を吹きかける。

　猫は熱い食べ物が苦手だ。倉斗たちのように、熱々の料理を苦《く》もなく食べたいけれど、どんなに頑張っても無理だった。

「もう平気かな……」

　しばらく息を吹きかけたたい焼きに齧りついたとたん、口の中いっぱいに甘味が広がっていき、初めて味わうあんこの美味しさに目を瞠る。

「倉斗さん、これ好き！」

「気に入ったか？」

「すっごく美味しいです」

「じゃあ、こっちはどうだ？」

　倉斗と食べかけのたい焼きが入っている紙袋を交換したドールは、息を吹きかけてからひと齧りした。

　カスタードクリームはとろりとしていて、とても舌触りがいい。どちらも美味しくて、

またあんこのたい焼きが食べたくなる。

「両方、食べていいぞ」

視線を感じ取った倉斗が、あんこのたい焼きをドールに譲ってくれた。

「いいんですか？」

「ああ」

「ありがとうございます」

礼を言ったドールは、両手に持ったたい焼きを交互に食べていく。

甘い食べ物を口にしたら、なんとも幸せな気分になってきた。

「ふふ、美味しい……」

こんなにも美味しいものを、いつも人間は食べているのだろうか。羨ましいかぎりだ。

「せっかく商店街に来たんだから、夕飯のおかずでも買って帰るかな」

「おかずも売ってるんですか？」

「いろいろあるぞ」

瞬く間に二種類のたい焼きを食べ終えたドールが、空《から》になった紙袋を持て余し気味にしていると、それをさっと取り上げた倉斗が尻のポケットに突っ込む。

両手が空いたドールは再び倉斗の腕を取り、商店街を一緒に歩く。

商店街の中程まで進んでいくと、今度は食欲をそそる香ばしい匂いがしてきた。

「ここのコロッケが美味いんだ」

足を止めた倉斗が、店の前に並んでいるたくさんの食べ物に目を向ける。

コロッケを食べたことがあるドールは、一緒になって店の前を眺めた。

「あった！　あれだ」

「よくわかったな？」

「前に倉斗さんが揚げてくれたから」

「あれは冷凍だけど、ここのは手作りだから格段に美味いぞ」

なにが違うのだろうかと思っているドールを他所《よそ》に、さっさと倉斗は買い物をすませてしまった。

「今夜はコロッケと鶏の唐揚げだ」

「唐揚げも？　すごーい」

鶏肉に目がないドールがはしゃいだ声をあげると、白いビニール袋を提げた倉斗がおかしそうに笑いながら顔を覗き込んできた。

「楽しそうだな？」

「はい、とっても。また商店街に来たいです」

満面の笑みで答えたドールは、ふと殺気を感じて振り返る。

「あっ、猫……」

細い路地の片隅にいる黒猫が、ジーッとこちらを見ていた。

仲間と出会えた嬉しさに歩み寄ろうとすると、いきなり全身の毛を逆立てた黒猫が思いきり牙を剥き、驚いたドールはその場にピョンと跳び上がって倉斗にしがみつく。

「びっくりしたぁ……」

「店にいたときは他の猫に威嚇されたことがないもんな」

怯《おび》えているドールを、倉斗がしかたないと笑う。

「なんで僕、牙を剥かれたんですか？」

「同類は騙せないのか、それとも、俺たちにはわからないけどクリスは猫の匂いがするのか、そんなところだろうな」

「でも、仲間なのに……」

「猫には縄張りがあって、そこに他所の猫が入ってくるのを嫌うから……なんか、人間が猫に猫の習性を教えるっていうのはおかしな話だよな」

急に笑い出した倉斗を、どうしたのだろうかと首を傾げて見返す。

「猫の本能は残ってるみたいだから、そのうちわかるようになるさ」

「本能？」

「そっ、動物にはみんな生まれつき備わっている能力や習性があるんだ。猫用のトイレでおしっこをしたあと、誰にも習ってないのに脚で砂をかけてただろう？　そういうようなことがいろいろあるんだ。で、猫の縄張りもそのひとつってこと」

「僕の縄張りってどこなんですか？」

「いまのところ家の中だな」

「へぇ……」

いまひとつピンとこなかった。

倉斗の家で猫としてもう少し長く暮らしていれば、縄張りについても理解できたのかもしれない。

「さてと、今日はこれくらいで帰るとするか」

「はい、ありがとうございました」

本当はもっと商店街を見て周りたかったけれど、倉斗にこれ以上、無理を言ってはいけない。

たぶん倉斗は、尻尾と耳が突如、出現したらどうしようかと、今でも冷や冷やしているはずなのだ。

大好きな倉斗と一緒に商店街を歩き、たい焼きを食べたり、おかずを買ったりできた。猫のままだったら、絶対に経験できないことができたのだから、それだけで充分だ。

人間になってしまったときは狼狽《ろうばい》したのに、すっかりそれを忘れているドールは、かつてない幸せな気分に浸りながら倉斗の腕を取って歩いていた。

第六章

自室のベッドで横になっているドールは、深夜近くになってもなかなか寝付けずに、寝返りを打ってばかりいる。

人間になって間もなく二週間になるが、こんなことは初めてだ。早く眠らなければと思うほどに、目が冴えてきてしまう。

「どうしちゃったんだろう……」

ムクリと起き上がったドールは、真っ暗な部屋をぼんやりと見つめる。

聴覚や嗅覚が猫のときのままであるように視覚も同じで、暗闇であってもはっきりとものが見えた。

あまり不自由することなく暮らせていて、人間として倉斗と過ごすのは楽しい。けれども、完全な人間になったわけではない。

感覚器官がそのまま残っているだけでなく、耳と尻尾だけが突如、現れたことに不安がありヽそれが寝付けない要因のひとつになっていた。

「倉斗さん、まだ起きてるかな……」

ベッドを降りて部屋を出たドールは、真向かいのドアを軽く叩く。

「はい」

中から声が聞こえ、間もなくしてドアが開いた。

「こんな時間にどうしたんだ?」

パジャマ姿で廊下に立つドールを見て、倉斗が訝しげに眉根を寄せる。

彼もパジャマに着替えているから、そろそろ寝ようとしていたのかもしれない。

「なんか眠れなくて……倉斗さんと一緒に寝たらダメですか?」

「一緒にって……今まではひとりでも寝られてただろう?」

「そうなんですけど、今夜はぜんぜん眠れなくて……」

しょんぼりと肩を落とし、縋《すが》るように上目遣いで倉斗を見つめる。

「しょうがないな、今夜だけだぞ」

大きくドアを開けた倉斗が、部屋に招き入れてくれた。

「ありがとうございます」

安堵したドールはぺこりと頭を下げ、倉斗のベッドに潜り込む。

瞬く間に倉斗の匂いに包まれ、幸せな気分になる。これならすぐに眠れそうだ。

倉斗はベッドの横にある小さなテーブルに置いてある目覚まし時計をセットし、電気スタンドの小さな明かりを灯すと、部屋の照明を消すためドアに戻って行く。

とその時、ドアがコンコンとノックされた。

「倉兄、起きてる？」

ドア越しに聞こえてきたのは、淳平の声だった。

「なんだ？」

「この前、借りた本……」

倉斗がドアを開けるなり部屋に入ってきた淳平が、ベッドで横になっているドールを目にして唖然とする。

「クリス……そこでなにしてるんだよ？」

いきなり声を荒らげられ、ドールは驚きに身を縮めた。

淳平はあきらかに怒っている。その理由がわからないから困惑した。

「信じらんない、倉兄とクリスがそういう関係だったなんて……」

「なに、馬鹿なこと言ってるんだよ」

「じゃあ、なんでクリスが倉兄のベッドで寝てるんだよ？」

呆れている倉斗に声高に言い返した淳平が、ずかずかとベッドに歩み寄ってくる。

「おまえが倉兄を誘惑したんだろ？　居候の分際《ぶんざい》で泥棒猫みたいな真似して恥ずかしくないのかよ！」

仲よくなっていた淳平からいきなり怒鳴り散らされた衝撃に、ドールは言葉を返すこともできずにいた。

「淳平、落ち着けよ。おまえの勘違いだ」

「勘違い？　この状況で勘違いなんかするわけないだろ」

淳平が返しにきた本を倉斗に押しつける。

「俺の話を聞けって。クリスはなにも悪くない、泥棒猫とか、そんなふうに言うな」

「へぇ、クリスは悪くないんだ？　てことは、倉兄がクリスを部屋に引っ張り込んだっていうわけ？　男の子に手を出すとか最低だな、倉兄のこと見損なったよ、もう二度と口も聞きたくない」

まくし立てるように吐き捨てた淳平は、倉斗を一瞥して部屋を出て行くと、荒っぽくドアを閉めた。

響き渡った大きな音に、思わずドールは両の耳を手で塞ぐ。

淳平がなにを勘違いしたのか、さっぱり理解できない。

ただひとつわかるのは、淳平がもう口を聞きたくないくらい、倉斗を嫌いになったということだ。

それも、自分が倉斗のベッドで寝ていたことが、原因になっているらしい。

「倉斗さん……」

ドールが身体を起こすと、倉斗が部屋の照明を消してベッドに歩み寄ってきた。

「ごめんなさい、なんか僕のせいで喧嘩になっちゃって……」

申し訳ない思いでベッド脇に立った倉斗を見上げる。

「そんな顔をするな、気にしなくていいから」

ベッドの端に腰かけた倉斗が、困惑も露わな顔をしているドールの頭を優しく撫でてくる。

「淳平はちっちゃいころから俺に懐いていたから、クリスに俺を横取りされたような気分になって拗《す》ねただけだ」

「だけど、もう口を聞かないって……」

「明日になればケロッとしてるさ」

安心させるように微笑んだ倉斗が、掛け布団を捲ってベッドに横たわる。

「さあ、寝よう」

「あの……僕、自分の部屋で寝ます」

「クリス？」

一緒に寝てはいけない気がしたドールは、呆気に取られている倉斗を残して部屋を出ていく。

ドアをそっと閉め、自分の部屋に戻ろうとしたけれど、淳平のことが気になってしかたがない。

倉斗と淳平には仲よくしてもらいたい。自分が原因のようだから、とりあえず謝ったほうがいい。そう思ったドールは、廊下の奥にある淳平の部屋に向かう。

「淳平さん、ちょっといいですか？」

軽くノックして声をかけると、すぐにドアが勢いよく開いた。

「なんの用だよ？」

「あの……倉斗さんとのことで……」

「言い訳なんか聞きたくないね」

そう言ってそっぽを向いた淳平が、ドアを閉めようとする。

「待ってください」

ドールはそうはさせるかとばかりに、強引にドアの隙間をすり抜けて淳平の部屋に入った。

「なんだよ、図々しいな、さっさと出てけよ」

謝ろうと思って来たのに、素っ気ない態度を取られたばかりか、力尽くで追い返されそうになって腹が立つ。

「なんで話を聞いてくれないんですか？」

「聞いたって意味ないだろ？　倉兄に気に入られたからって、いい気になってんじゃないよ」

ズイッと前に出てきた淳平が、ふてぶてしい顔で睨みつけてくる。

「いい気になってなんかいません」

「なってるだろ！　ちょっと可愛いくらいで偉そうに」

鼻息も荒く言い放った淳平が、ドールの両耳を掴んできた。

「痛っ……」

「俺のほうが倉兄と長い付き合いなんだからな」

怒り満面の淳平に思いきり両の耳を引っ張られ、さすがにドールも怒り心頭になる。

「なにするんですか！」

興奮気味に言い返した瞬間、全身がカッと熱くなった。

「うわ――――っ」

ドールの耳を引っ張っていた淳平が、叫ぶなりその場にへなへなと頽《くず》れる。

「ば……化け物……」

唇をわななかせながらドールを見上げる淳平が、床に尻をつけたままドアのほうに退いていく。

彼はドールからいっときも目を逸らさない。その顔は恐怖に満ちていて、恐ろしさのあまり目が離せないようでもあった。

「倉に――――い、倉に――――い……」

助けを求めながら、どうにかドアまで辿り着いた淳平が、後ろ手で必死にノブを探る。と廊下側からドアが開き、声を聞きつけたらしい倉斗が姿を見せた。

「大きな声を出してどうした？　じいちゃんが目を覚ますだろ」

「倉兄……クリスが、クリスが……」

廊下に転がり出た淳平が倉斗の脚にしがみつき、ドールを指さしてくる。

「うわっ」

ドールに視線を向けた倉斗の顔が、一瞬にして固まった。

そこで、自分の身になにか起きたのだとようやく察し、慌てて両手を頭に持っていく。

「うそ……」

手に触れたのは、毛が生えた三角の耳だ。

もしやと思い、今度は片手で尻を探る。案の定、尻から長くて太い尻尾が生えていた。

「なんで――」

咄嗟に両手で耳を隠したドールは、尻尾を巻き込んでしゃがみ込む。

股間にはいっさい触れていないはずだ。それなのに、どうして尻尾と耳が出てしまったのだろう。

それも、絶対に見られてはいけない淳平の前で出てしまった。いまさら隠しようがないドールは、涙を滲ませる。

「倉兄……助けて……」

倉斗にしがみついている淳平は、ガクガクと震えていた。

「淳平、クリスは化け物じゃない」

冷静さを取り戻したらしい倉斗が、へたり込んでいる淳平を立たせる。

「あの子は、猫のドールだ」

「ド、ドール？　あのデブ猫だっていうの？　倉兄、頭どうかしちゃったの？」

「俺は正気だ」

小さく笑った倉斗が、淳平を強引に部屋に押し込み、静かにドアを閉めた。

「淳平はじいちゃんが書斎に飾っていた水晶玉にまつわる伝説を知っているか？」

ベッドまで連れて行って淳平を座らせた倉斗が、落ち着いた声で話し始める。

「願い事が叶うとかっていうやつ？」

「そうだ、その水晶玉にドールが間違った願い事をしてしまったせいで、人間の姿になっちゃったんだよ」

倉斗はありのままを話して聞かせたのだが、淳平はすぐ信じられなかったようだ。

「そんな作り話、俺に通じると思ってるの？」

「作り話じゃない。現に人間なのに猫の尻尾と耳があるだろう？」

「でも……」

表情も険しくドールを見返してきた淳平が、ベッドから腰を上げて近寄ってくる。

床にしゃがみ込んで身体を小さく丸めているドールは、恐る恐る淳平を見上げた。

「おまえ、ホントにドールなのか？」

手を伸ばしてきた淳平が、ふさふさの毛に覆われた尖った耳を引っ張ってくる。

ドールは唇をキュッと噛みしめ、コクリとうなずき返す。

「キモッ」

短く言い捨てた淳平が耳から手を離し、ベッドの脇に立っている倉斗を振り返る。

「こんな化け物、いつまでウチに置いておくつもり?」

「いつまでって、ずっとに決まってるだろう」

「こいつと一緒に暮らすとか気持ち悪すぎ」

淳平がドールに対して敵意を剥き出しにしてきた。

倉斗や倉一郎とは対照的な態度に、悲しくなってくる。

打ち拉《ひし》がれるドールの頭と尻から、ふっと耳と尻尾が消えた。

「消えている……化け猫がウチにいるとかぞっとする」

「化け猫とか言うんじゃない」

「でも化け猫は化け猫だろ? 耳と尻尾が出たり消えたり、気色悪いったらないわ、俺、こんな奴と一緒にいたくないから、どっかに引っ越す」

窘《たしな》めた倉斗に言い返した淳平は、まったくドールを受け入れる気がないらしい。

「キモいからさっさと出てけよ」

淳平がさも嫌そうに、しっしと片手で払ってきた。

悲しみに暮れているところを追い出されたドールは、大粒の涙を溢れさせながらのそのそと立ち上がる。

「ドール？」

「部屋に戻ります」

心配そうに声をかけてきた倉斗に項垂《うなだ》れて答え、そのまま部屋を出て行く。

「なんて酷い言い方をするんだ、可哀想だろ」

「可哀想？　なんで化け猫に同情しなきゃいけないんだよ」

「淳平、言葉が過ぎるぞ」

とぼとぼと廊下を歩くドールの耳に、激しく言い合う倉斗と淳平の声が聞こえてきた。

自分のせいで、また二人が喧嘩をしている。

人間になったりしなければ、彼らは言い合いになるようなこともなく、これまでどおり仲がいいままだったはずだ。

すべては自分が招いたこと。水晶玉に間違った願い事をしたせいだ。自分がいなくなれば、倉斗と淳平の仲は元通りになる。

「ここにいたらいけない……」

部屋に戻ることなくふらふらと階段を降りていったドールは、倉斗が買ってくれたスニーカーを突っかけて玄関を出る。

深夜の住宅街は、静まり返っていた。人の姿もなく、車すら通らない道を、肩を落としてあてもなく歩く。

どこをどう歩いたのかもわからない。ふと現れた公園に、吸い寄せられるように入っていき、ベンチにちょこんと腰かける。

「これからどうすればいいんだろう……」

膝に載せていた手で、ギュッとパジャマのズボンを握りしめた。

淳平に嫌われた悲しさに、胸が痛んでしかたない。仲よく掃除や洗濯をしてきたから、掌を返したような態度を取られた悲しみは深かった。

「猫に戻りたい……」

大好きな倉斗のそばにいられないのが、なによりも辛い。

猫のままでいれば、きっと迷惑をかけることもなく、ずっと倉斗と一緒にいられた。

たとえ淳平に嫌われていても、彼が家にいるときはどこかに身を潜めていればいい。猫ならそれができる。

「そうだ、おじいちゃんに……」

倉一郎なら、なんとかしてくれるかもしれない。

前に、水晶玉を譲ってくれた知り合いに話をしてみると言ってくれたけれど、あれはどうなったのだろうか。

忘れてしまっている可能性もあるから、もう一度、頼んでみよう。縋れるのは倉一郎しかいないと思ったドールは、すっくとベンチから立ち上がった。

「えーっと……」

公園を出たものの、どちらに向かって歩けばいいのかわからない。

商店街への行き方は覚えたけれど、それ以外の道はまったく知らなかった。それなのに闇雲に歩いてしまったから、帰り道の見当がつかない。

「確かこっちのほうから……」

記憶を頼りに歩き出したドールは、鼻をヒクヒクさせながら慎重に歩《ほ》を進める。

「やっぱり違うのかな……」

目に映る景色に覚えがなく、公園の前からやり直そうと来た道を戻っていく。

するといきなり背後から強いライトで照らされ、びっくりして足を止める。

怖々《こわごわ》と振り返ってみると、白と黒に塗られた車から人が降りてきた。

「君、こんなところでなにをしているんだ？」

堅苦しい格好をして、帽子を被っている男性が、ライトに浮かび上っているドールに歩み寄ってくる。

「あの……」

男性の威圧感に気圧されたドールは、恐怖に身を竦めて立ち尽くしていた。

＊　＊　＊　＊　＊

「本当に仲よくしてくれよ」

どうにかここで暮らすように淳平を説得した倉斗は、部屋を出てドアを閉めると大きなため息をもらした。

「はーぁ……」

まさかの事態にどうなることかと気を揉んだが、あり得ない物を目にしてしまった淳平が動揺するのも理解できる。

ドールを傷つけるような言葉を口にしてしまったのも、気が動転していたからのようであり、淳平も自分に非があることを認めてくれた。

「まっ、耳と尻尾がある人間を見て、驚かないほうがおかしいんだよな」

これでようやく眠れると思ったのも束の間、ドールのことが急に心配になった倉斗は部屋に立ち寄ることにした。

「ドール、まだ起きてるか？」

軽くドアをノックして声をかけたが、まったく反応がない。

つい先ほど寝つけないと言っていたのに、こんなに早く眠ってしまうとは思えない。

不安に駆られてドアを開けると、部屋の中はもぬけの殻《から》だった。

「ドール……あっ、トイレか」

用を足しにいったのかもしれないと思ったけれど、待つのがもどかしくて階段を駆け下りていく。

トイレは廊下の一番奥にあるが、ドアには小さなガラスがはめ込まれていて、電気がついていれば明かりが見える。

けれど、廊下は暗闇に包まれていて、誰もトイレを使っている形跡がなかった。

「いったいどこに……」

ふと玄関に目を向けると、扉が半開きになっている。そればかりか、ドールのスニーカーが見当たらない。

「まさか……」

廊下から玄関に降りて靴を突っかけた倉斗は、外に出てあたりに目を向ける。

そこにドールの姿はなく、門まで走って行って左右を見渡したが、人の気配はまったくなかった。

「ドール……」

泡を食って家に戻り、階段を駆け上がって部屋に飛び込む。

ドールが外に出たのは間違いない。すぐに追いかけたいところだが、パジャマで外にでるわけにもいかず、急《せ》いたように着替えを始める。

「倉兄、どうかしたの？」

バタバタしているのを不審に思ったのか、淳平が開け放したドアから顔を覗かせた。

「ドールが外に出て行ったみたいなんだ」

「外に？　こんな時間になんで？」

焦っているのに、悠長な淳平に苛立《いらだ》ちを覚える。

「なんでじゃないだろ、おまえが化け猫なんて言って追い出したからだろ！　とにかくすぐに探さないと」

声を荒らげながらも、倉斗は着替えを続けた。

ベージュのパンツを穿き、白いシャツを羽織ってボタンを留めていく。

「そのうち戻ってくるんじゃない？」

「あの子は外のことなんてよく知らないんだぞ、ふらふら歩いて迷子になってるかもしれない」

「元は猫なんだから帰巣本能とかあるんじゃないの？」

「そうだけど、今は人間になってるから、どれだけ本能が残ってるかわからないんだ。とにかく探してくる」

手早く着替えをすませた倉斗が部屋を飛び出して行くと、慌てたように淳平が追いかけてきた。

「待って、俺も一緒に行くよ」

淳平は声をかけてきたが、待つことなく階段を降りていく。

一分一秒も無駄にできない。

ドールが自分の部屋に戻ったあと、淳平を説得していた。それは十分ほどのことだが、それだけの時間があればかなり遠くまで行ける。

道などよく知らないのに家を出たドールが、まともな精神状態であるわけがなく、あてどなく歩いたりしたら迷子になるに決まっている。

靴を履いて玄関を出た倉斗が門に向かうと、着替えをすませた淳平が飛び出してきた。

「どっちから探すつもり？」

「こっちだ」

淳平に訊かれて素早く左右に目を向けた倉斗は、瞬時に決断していた。

ドールは商店街に行く道しか知らない。ふらふらと外に出たとしても、自然に知っている道を選んでいるような気がしたのだ。

「ドール、どこにいるんだ……」

前方に目を凝《こ》らしつつ、左右にも目を向ける。

「まだそんなに遠くには行ってないと思うけど……」

淳平も忽然《こつぜん》と姿を消したドールが心配になってきたのか、気がつけばいつになく神妙な面持ちになっていた。

罵声《ばせい》を浴びせたことを、今になって後悔し始めたのかもしれない。いまさらといった思いもあるけれど、一緒に探す気持ちになってくれたのは嬉しかった。

子供のころによく遊んだ近所の公園、シャッターが降りた深夜の商店街など、淳平と二人でくまなく探し回ったが、ドールの姿は見当たらない。

「まさか事故に……」

いくら探しても見つからず、最悪の事態が脳裏を過る。

命の恩人に礼が言いたかっただけなのに、願い事を間違えて人間になってしまうというドジなドール。

人間になってからは好奇心と向上心が旺盛で、質問ばかりしてきた無邪気なドール。

いつも一生懸命で、家にいるときはぴったりとくっついて離れなかった可愛いドール。

もう二度と会えないかもしれないと思ったとたん、かつてない不安に胸が締めつけられてきた。

「倉兄、交番に行ってみようよ。もしかしたら保護されてるかもしれない」

「そうだな」

淳平の提案に、一縷《いちる》の望みを託した倉斗は、急ぎ足で近くの交番に向かう。

間もなくして交番の目印でもある、赤灯が小さく見えてきた。

交番の中が明るいのは、警察官がいるからだ。最近は警察官が不在のことも多く、それだけに期待が高まる。

ドールがいるかもしれないといった思いは淳平も同じなのか、自然に二人とも駆け足になっていた。

「倉斗さ――――ん」

いきなり交番から聞こえてきた大きな声に、倉斗はハッと息を呑んで淳平と顔を見合わせる。

明かりの中に浮かんで見えるのは、パジャマ姿のドールに間違いない。倉斗は一目散に交番へ向かう。

「ドール！」

「わーん……怖かったよ――――」

交番から飛び出してきたドールが、泣きながら倉斗に抱きついてきた。

「もう大丈夫だ」

震えている小さな身体を優しく抱きしめ、しきりにしゃくりあげているドールの頭を撫でてやる。

追うようにして交番から出てきた警察官が、倉斗と淳平に怪訝な視線を向けてきた。

「身内の方ですか？」

「はい、この子はウチで預かっている子で……あの、三丁目の浅葱です」

泣きじゃくるドールをあやしながら答えた倉斗は、真っ直ぐに警察官を見返す。

この地域で暮らす住人の中で倉一郎はそこそこ有名だから、警察官も知ってくれていることを願うばかりだ。

「三丁目の浅葱さん……ああ、ご高齢の大学教授がいらっしゃるお宅ですね？」

「はい、俺の祖父です。それで、祖父が知り合いから預かった子なんですけど、ウチに来たばかりでまだあまりこのへんのことをよく知らなくて」

警察官の顔に笑みが浮かんで胸を撫で下した倉斗は、手短に事情を説明した。

「そうですか、パジャマ姿でうろうろしているところを保護したのですが、なにを訊いてもわからないというばかりでねぇ」

「すみません、親元を離れて暮らしているので、最近ちょっとホームシック気味だったんです」

警察官に嘘をつくのは後ろめたかったけれど、事実を言えるわけもない。とにかく、納得してもらうことを優先したのだ。

「なるほど、今回は身内の方がすぐにいらしたので調書は取りませんが、これからは充分に気をつけてください」

「はい、ご迷惑をかけてすみませんでした」

ドールを抱き寄せたまま、警察官に深く頭を下げる。

神妙な面持ちで成り行きを見守っていた淳平も、倉斗に倣《なら》って会釈した。

「失礼します」

改めて一礼した倉斗はドールを促し、自宅に足を向ける。

ドールはよほど怖い思いをしたのか、倉斗の腕を両手でしっかりと抱え込んでいた。

「どうして家を出たりしたんだ？」

問いかけた倉斗を、ドールがおずおずと見上げてくる。

「僕のせいで倉斗さんと淳平さんが喧嘩したから……僕がいなければ、喧嘩しないと思って……」

そう言って唇を噛みしめたドールが、申し訳なさそうに項垂れた。

「淳平に出て行けって言われたからじゃないのか？」

「それもあるけど……倉斗さんと淳平さんには喧嘩してほしくないから……」

少し顔を上げて消え入りそうな声をもらすと、ドールは再び深く項垂れる。

「ごめんな、ドール」

唐突に詫びの言葉を口にした淳平が行く手を塞ぐように前に立ち、ドールの両肩にポンと手を置く。

「俺、酷いことを言って後悔してるんだ。もう倉兄と喧嘩しないから、これからも一緒に仲よく暮らそうな」

「僕と一緒でいいんですか？」

淳平から顔を覗き込まれたドールが、涙に濡れた瞳で見返す。

「あたりまえだろ」

「ありがとう……」

涙に濡れたドールの顔に、ようやく嬉しそうな笑みが浮かぶ。

淳平に受け入れてもらえたことで、心の底から安堵したのだろう。

確かに淳平はドールを傷つけたけれど、暴言を吐いた理由が倉斗にはなんとなく理解できた。

淳平と自分では育った環境がかなり違う。たぶん、それが大きく影響しているのだろうと思っている。

自分は神道考古学者である倉一郎に、子供のころから神秘的な話をたくさん聞かされてきたから、ドールが水晶玉の力によって人間に変身したことを、思いのほかすんなりと受け止めることができたのだ。

けれど、ごく普通に育ってきた淳平は、あり得ない現実を目の当たりにして、かなり混乱したに違いない。

そんな彼も、いきなり姿を消したドールを探し回っているあいだに、あれこれと考えたのだろう。

今の淳平がドールに対して、どういった気持ちを抱いているかは知りようもない。

それでも、こうして素直にドールに詫びてくれたのだから、また仲よく暮らしていけそうな気がしている。

「よかったな?」

「はい」

倉斗が声をかけると、ドールが顔を綻ばせた。

いつもの笑顔を目にすることができて、本当によかったと思う。

「さあ、帰って寝よう」

ぴったりと身体を寄せているドールを促し、淳平と三人で家路を急ぐ。

ドールは泣き止んだけれど、しがみついている腕に震えが伝わってくる。

見た目は十七、八歳の少年というだけで、中身はずっとペットショップの展示ケースで過ごしてきた、世間のことなどまったく知らないに等しい八ヶ月の猫なのだ。

自ら家を飛び出したとはいっても、未知の場所を彷徨《さまよ》ったあげく、道に迷ったであろうドールの不安を思うと、可哀想でならない。

小さな子猫だったころからドールを世話してきた。不安を抱えて生活しているドールを守ってやれるのは、誰よりも彼を理解している自分しかいない。

いっときも目を離さずにいることは難しくても、それくらいの気持ちで接してやらなければいけないのだ。

腕にしがみついて歩くドールを見つめる倉斗は、自らにそう強く言い聞かせていた。

＊　＊　＊　＊　＊

家に戻ってきたドールは自室のベッドに腰かけ、ぼんやりと窓の外を眺めていた。

もう遅い時間だから、早く寝ないといけないのはわかっている。それでも、心細い思いをしたせいか、ひとりで寝るのが怖くてベッドに入れないのだ。

倉斗がそばにいてくれたら眠れそうだが、さんざん心配をかけてしまったこともあり、言い出せないでいた。

「でも、寝ないと……」

そろそろベッドに入ろうかと思ったそのとき、ドアをノックする小さな音が聞こえ、気配で倉斗だと察したドールはドアに駆け寄る。

「はい」

急いでドアを開けると、パジャマに着替えた倉斗が笑みを向けてきた。

「俺と一緒に寝るか？」

「えっ？」

「いろいろあったから、不安で寝られないんじゃないかと思ったんだ」

気を遣ってくれる倉斗の優しさに、胸がジーンと熱くなる。

その場で跳びはねたいくらい嬉しかったけれど、迷惑をかけたのにここで甘えていいのだろうかと迷う。

「おいで」

片手を差し伸べられ、迷いも露わに倉斗を見上げる。

「本当にいいんですか？」

「ひとりで寝たいなら、無理にとは言わないけどな」

「一緒がいいです！」

咄嗟に答えたドールは、差し出された倉斗の手を握るのではなく、その腕に両手でしがみついた。

照明を消してドアを閉め、ぴったりと寄り添って倉斗の部屋に入る。天井の照明は消えていて、ベッドの横にある電気スタンドの小さな明かりだけが点いていた。

「倉斗さん、ありがとう」

笑顔で礼を言ったドールは、そそくさとベッドに潜り込む。

倉斗の匂いに包まれたとたん、すっかり安心して自然に顔が綻ぶ。

「電気は点けておくか……」

電気スタンドの明かりをつけたまま、倉斗が隣に横たわってきた。

消してもかまわないのにと思ったけれど、一緒にいられるだけで嬉しいドールはなにも言うことなく倉斗を見つめる。

「もう急にいなくなったりするなよ」

柔らかに笑って手を伸ばしてきた倉斗が、優しく頭を撫で回してきた。

「ずっと倉斗さんのそばにいます」

もう絶対にそばを離れない。そんな思いを込めてしがみついたドールは、猫のように頭を擦りつけながら、一緒にいられる幸せを噛みしめた。

「抱きついてきたりしたら眠れないだろう」

倉斗は押しやってきたけれど、頑張ってしがみつく。

「こうしてると安心するんです」

「まったく……じゃあ、抱きついててもいいから、もう少しだけ離れてくれないか」

倉斗が掛け布団の中でもぞもぞと動き、曲げた膝にドールの股間が擦られる。

「ひゃっ……」

中心部分がぞわっとしておかしな声をあげたとたん、ドールを見ていた倉斗が息を呑んで目を瞠った。

急にどうしたのだろうかと不思議に思いつつも、彼が自分の頭を凝視していることに気づいてハッとする。

「なんで……」

恐る恐る両手を頭にやると、そこには柔らかな毛に覆われた三角な耳が現れていた。

「今度はなんで出たんだ？」

「あっ、あの……倉斗さんの膝があたったからだと……」

「俺の？　ちょっとあたったくらいで、こんなことになるのか？」

驚きと呆れが入り交じったような顔で、猫の耳が生えているドールを見つめてくる。

「耳が出たってことは、尻尾も出てるんだよな？」

掛け布団の中でドールの尻を探ってきた倉斗が、太くて長い尻尾のつけ根をギュッと掴んだ。

「ひゃん！」

刺激を受けたのは尻尾のつけ根なのに、なぜか股間がずくんと疼き、倉斗にしがみついて腰をグイグイと押しつける。

「ドール？」

怪訝な声をあげた倉斗が、勢いよく掛け布団を捲った。

けれど、そんなことにも気づかず、倉斗の脚に股間を押しつけたまま尻を振る。

どんどんアソコが熱くなっていく。気持ちがよすぎて、腰の動きが止まらなくなった。

「倉斗さん……気持ちいい……」

自分でもアソコが硬くなっているのがわかる。

いったいなにが自分の身体に起きているのだろう。

気持ちがいいのに、布越しの刺激がもどかしくて、おかしくなりそうだ。

「倉斗さん、僕、変……どうして……」

熱くなっていくいっぽうの股間に不安を覚え、倉斗に救いを求めたドールは半べそをかいている。

「発情期というよりは、思春期だから刺激に弱いのか？」

早くどうにかしてほしいのに、倉斗はいたって冷静だ。

「倉斗さん……」

もう待てないとばかりに、股間を倉斗の脚を押しつけ、盛大に腰を前後させる。

「心配しなくていい、男は誰でもそうなるんだ。俺が処理の仕方を教えてやるから」

唐突に寝返りを打った倉斗に、背中越しに抱きしめられた。

なにをする気なのかと訊ねる間もなく、パジャマのズボンと下着をずり下ろされる。

先ほどまで擦りつけていたアソコが、いつもより太くなっているだけでなく、すっかり上を向いていた。

「なっ……」

見たこともない形になっていて、ドールは息を呑む。

「尻尾が邪魔だから抱えててくれ」

長い尻尾を胸の前に押しやられ、仰天《ぎょうてん》したまま両手で抱え込む。

すると、倉斗が棒のように硬くなっているアソコに手を回してきた。

「ひっ……」

大きな手で熱く疼いているそこを包み込まれ、ドールは思わず逃げ腰になる。

「こうやって握ったら、手を上下に動かすんだ」

きつく握った倉斗の手で手早く擦られ、全身に震えが走った。

「ひゃっ……はっ、あっあっ……」

勝手に声がもれる。こんな気持ちがいい感覚は味わったことがない。下半身が蕩《とろ》けてい

きそうだった。

「気持ちいいだろう？　これを快感っていうんだ。で、もう少しすると射精する」

「射精って……」

「先っぽから、おしっことは別の液体が飛び出すんだ。そうすると、一気にここの熱が引いていく」

倉斗は説明してくれるけれど、生まれて初めて味わう快感があまりにも強烈すぎて、なにも耳に入ってこない。

「ひ……ん、んんっ……ふはっ……」

倉斗の手で擦られるほどに全身の熱が高まっていき、投げ出している細い脚がひっきりなしに震えた。

下腹の奥が熱い。まるで、なにかが燃えているかのようだ。それがぐるぐると渦巻きながら、迫り上がってくる。

「倉斗さん……なんか出そう……」

「出していいぞ、思いきり息むんだ」

倉斗が手の動きを速めてくる。

それに合わせるように、勝手に腰が前後に動く。

灼けるように熱くなっているそこは、いまにもはち切れそうだ。

「あっ……」

抑えがたい放出感に襲われ、四肢を突っ張って息む。

「うん！」

下腹に力を入れた瞬間、先端からなにかが飛び出した。

用を足すときの感覚とはまったく違っている。

うっとりするほど気持ちがよくて、小さく身震いすると全身から力が抜けていった。

「はぁ……」

脱力した身体が、なんとも言いようのない解放感に包まれていく。

もうなにも考えられない。頭の中が真っ白になっている。

「気持ちよかったぁ……」

初めての射精でこれまでになくすっきりしたドールは、倉斗の腕に抱かれていることも忘れ、睡魔《すいま》に引き込まれたかのように深い眠りに落ちていった。

第七章

制服に身を包んだ倉斗は、いつものように接客とペットの世話に追われている。

平日とあって客足はさほど多くないが、トリミングやシャンプーをするサロンが併設されているだけでなく、ペットフードやグッズを豊富に取り揃えているため、他のスタッフとともに忙《せわ》しなく働いていた。

「いい子だねぇ」

客から預かったトイプードルをトリミングテーブルに載せた倉斗は、慣れた手つきでカールした毛にコームを入れていく。カットをする前に毛を解《ほぐ》しておくのだ。

定期的にトリミングとシャンプーに訪れる客はかなりの数に上り、サロンのスケジュールはほぼ予約で埋まっている。

トリマーの資格を持つスタッフは倉斗の他にもいて、指名が入らないかぎりは交替で行うようにしていた。

「さすがにもう起きたか？」

ふと壁の時計を見た倉斗は、ドールを思い出して小さく笑う。

昨夜のプチ家出と初めての射精で疲れ果てたのか、朝になっても目を覚ますことなく、無理に起こすのが可哀想な気がして、あとのことを倉一郎に頼んで出勤してきたのだ。

「気持ちよさそうだね？」

黒い瞳で真っ直ぐに見上げてくるトイプードルに話しかけながら、丁寧にコームで毛を梳《す》いていく。

ペットは客にとって家族も同然であり、些細な不手際《ふてぎわ》があっても大変なことになる。

だからこそトリミングやシャンプーをしているときは、真剣にペットと向き合わなければならない。

それなのに、今日の倉斗はいつものように集中できないでいる。ふとした瞬間に、ドールのことを考えてしまうのだ。

自分でも不思議なほど、頭の中がドールで占められている。これでは仕事にならない。

どうにか集中しなければと、つぶらな瞳で見上げてくるトイプードルと目を合わせた。

「チョコちゃん、綺麗にしてあげるからね」

「クーン」

可愛らしい声で返事してきたトイプードルに意識を集め、せっせとコームを入れる。

丹念に全身の毛をコームで梳き、ハサミに持ち替えてカットを始めたころには、目の前にいるトイプードルのことしか考えられなくなっていた。

「店長、チョコちゃんのお迎えが一時間遅くなるそうです」

「了解です」

声をかけてきたスタッフに返事をした倉斗は、飼い主のオーダーに合わせてカットを施してバリカンで整え、シャンプー台へと移動する。

トイプードルはサロンに慣れているばかりか、トリミングされるのが大好きだから、驚くほどおとなしい。

シャワーを嫌がったり、途中で躯をぶるぶると振ったりしない。まさにトリマーの為《な》すがままだ。

「さあ、綺麗になったから、次はドライヤーだよ」

シャンプーを終えたトイプードルを台に移し、ドライヤーで最後の仕上げにかかった。

手間と時間をかけたカットとシャンプーが終わったら、飼い主が迎えに来るまでケージの中で休ませる。

どうにかドールに囚われることなくひと仕事を終えた倉斗は、丁寧に手を洗って売り場に戻って行く。

「ただいま、戻りましたー」

昼休憩を終えて戻ってきたスタッフの声が響く。間もなく午後一時。倉斗が休憩に入る時間だ。

「昼休、行ってきまーす」

近くにいたスタッフに声をかけた倉斗は、控え室のロッカーに入れたバッグから財布とスマートフォンを取り出し、エレベーターホールに向かった。

いつも昼食は、施設内にあるフードコートですませている。移動が楽なだけでなく、料理の種類が豊富にあって飽きないからだ。

「倉斗！」

なにを食べようかと考えながら歩いていた倉斗は、後方から呼ぶ声に足を止める。

「じいちゃん」

その場で振り返ると、倉一郎がこちらに向かって手を振っていた。

仕事場に姿を見せたのは初めてのことだ。連絡のひとつもなく来たことに不安を覚え、倉斗は駆け寄って行く。

「急にどうしたの？」

「いや、近くまで来たので、寄ってみたんだ」

「じいちゃんも人が悪いな、いきなり来るからなにかあったのかと思ったじゃないか」

胸を撫で下ろした倉斗は、呆れ気味に倉一郎を見返す。

「仕事中じゃないのか？」

「俺、これから昼飯なんだけど、じいちゃんも一緒にどう？」

「おまえと外で食事をするなど久しぶりだな」

嬉しそうに笑った倉一郎とエレベーターに乗り、広々としたフードコートに案内する。

とくに緊急の用件ではないけれど、なにか話があるから倉一郎はわざわざ訪ねてきた気がしたのだ。

高齢で食が細くなっている倉一郎はきつねうどんを、がっつり食べたい倉斗はカツ丼を頼み、眺めがいい窓際のテーブル席に向かい合わせで座る。

「俺の仕事場を見たかったわけじゃないんだろう？」

さっそく倉斗が訊ねると、熱々のうどんを啜《すす》っていた倉一郎が苦笑いを浮かべた。

「察しがいいな？」

「長い付き合いだからさ」

それくらいわかると笑い、カツ丼を掻き込んでいく。

「実は、ようやくあの水晶玉を譲ってくれた知人と話ができたんだ」

「インカ帝国時代の呪術に詳しいって言ってた人？」

気分的には食事どころではない。とはいえ、昼食を抜いてしまったのでは仕事に差し支えると思い、倉斗はカツ丼を頬張りながら倉一郎を見つめる。

「それでだな……」

言いにくそうに言葉を切ったところをみると、あまりいい話ではなさそうだ。

それでも、最後まで聞く必要があると考える倉斗は、無言で倉一郎に先を促した。

「二つに割れた時点で水晶玉は役目を終えたことになるのだから、新たな願い事をすることはできないと言われたよ」

「そっか……」

ドールが猫に戻ることができないとわかっても、なぜかあまり落胆はなかった。

心のどこかで、人間のままでいてほしいと思っている自分がいるのだ。

「そもそも、水晶玉にまつわる伝説にすぎないのだから、願い事が叶うなど現実にはあり得ないのに、いまだに信じているのかと笑われてしまったよ」

「まあ、現実を知れば意見も変わるだろうけど、こればっかりは教えるわけにいかないからしょうがないよ」

肩をすくめた倉一郎を、しかたのないことだと慰める。

「これはワシの見解になるが、ドールが猫に戻ることは難しいだろう」

「うん、俺もそう思う。願い事が叶う水晶玉がもうひとつ存在すればべつだろうけど、それこそあり得なさそうだもんな」

「ワシが水晶玉の伝説を話して聞かせたばかりに……」

申し訳ないことをしたという思いがあるのか、倉一郎ががっくりと肩を落とす。

「じいちゃんのせいじゃないって」

慰めの言葉を口にしたのは、倉一郎に罪はないと考えているからだった。

飼い主がペットにたわいのない話を聞かせるのは、日常的にあることだ。

もしペットが言葉を理解すると知っていたら、よけいなことは口にしないだろう。

たまたま、ドールは人間の言葉を理解できた。誰も知らなかったことなのだから、倉一郎を責めることなどできない。

「だが、あの子が人間として生きて行かねばならないと思うと……」

「俺からドールに話すよ」

「可哀想なことをした……」

倉一郎は悔やんでも悔やみきれないといった顔つきで、いくらも手を付けていないうどんを見つめる。

「そんなふうに思ったらダメだって、じいちゃんは悪くないんだからさ。それに、ドールは今の生活を楽しんでるみたいだから、もしかしたら喜ぶかもしれないよ」

あえて楽観的な発言をしたのは、どうにか倉一郎を元気づけたかったからだ。

これればかりは、ドールに話してみなければわからなかった。

猫に戻りたいと泣きつかれるかもしれない。そのときにどう答えたらいいのか、今はなにも思い浮かんでこないでいる。

とにかく決着をつける必要がある以上、ドールと真摯に向き合うしかないのだ。

黙り込んでしまった倉一郎を見つめる倉斗は、いつ、どのようにドールに話を切り出そうかと、そんなことに思いを巡らせていた。

＊　＊　＊　＊　＊

ドールが目を覚ましたのは、倉斗が出勤して間もなくしてからだった。

洗濯を始めていた淳平に寝坊したことを叱られてしゅんとしたものの、たまには起きられないときもあるとすぐに慰められ、いつものように仲よく二人で家事をすませた。

昨夜のことをかなり気にしているのか、淳平はこれまで以上に優しく、予備校に行く間際にも「仲よくやっていこうな」と言ってくれた。

わだかまりなく言葉を交わせたのが嬉しく、ドールは怖い思いをしたけれど、結果的にこれでよかったのだと前向きに考えていた。

「もうちょっとかな……」

食堂で料理をしているドールは、ガスコンロに載せた鍋を覗き込んで首を傾げる。

倉一郎も午前中に出かけてしまい、トーストと牛乳で簡単に遅い昼食をすませた。

だが、家にひとりきりではとくにすることもなく、ふとした思いつきで夕食のカレーを作り始めたのだ。

朝食や夕食を作る倉斗の手伝いをしていると、上手になったと誉めてくれる。それが嬉しくて、一生懸命、手伝い、今では簡単な料理なら任せてもらえるようになっていた。

とはいえ、まだ包丁が上手く使えない。意気込んでカレー作りを始めたはいいが、肉や野菜を切るだけで長い時間を要した。

やっとのことで下準備を終え、鍋で煮込み始めたときにはとうに陽が傾いているという有様で、そのうち倉一郎が帰宅してきた。

カレーを作っているドールを見た倉一郎は、あとで食べさせてもらうと言い残して書斎に行ってしまい、それきり顔を合わせていない。

書斎に籠っているのが倉一郎の仕事だと思っているドールは、あまり気にすることなく料理を続けていた。

「倉斗さん、喜んでくれるかなぁ……」

まったく倉斗の手を借りずに料理をするのは、これが初めてだ。

倉斗の喜ぶ顔がみたい一心で作り始めたけれど、美味しくできるかどうか不安でたまらない。

食べられないような代物《しろもの》だったら、また倉斗の手を煩わせることになる。それでは元も子もないから、慎重にカレー作りを進めた。

「もうこんな時間……」

料理を始めてから、すでに四時間が過ぎている。

帰宅してから夕食を作り始める倉斗は、一時間もかからないで仕上げるのだから、自分の不器用さを思い知らされた感じだった。

カレーが出来上がるまでには、まだ時間がかかりそうだ。何時間もかけて作ったカレーが不味《まず》かったら、目も当てられない。

どうあっても、倉斗に美味しいと言ってもらいたいドールは、何度も何度も肉の硬さを確かめる。

「お料理って楽しいなぁ……もっともっと倉斗さんにお料理を作ってあげたい……」

レードルで鍋の中を掻き混ぜながら、ひとり顔を綻ばせた。

今のところ、猫に戻る気配がない。たまに尻尾と耳が出てしまうのは問題だが、それ以外は人間として普通に暮らしていけている。

「このまま人間でいたいって言ったら、倉斗さんを困らせることになるのかな……」

もともと猫なのだから、猫として生きるべきだとたぶん倉斗は思っているだろう。

このままでいいはずがないのは、自分でもよくわかっている。

それでも、倉斗と言葉を交わし、いろいろなことを一緒にできる楽しさは、絶対に猫では味わえないことだから、できれば人間でいたいと思ってしまうのだ。

大好きな倉斗と一生、寄り添っていきたいと思うのは、許されないことなのだろうか。

どうすれば、ずっと一緒にいられるのだろうか。そんなことばかり考えてしまう。

「もうそろそろよさそう……」

肉が柔らかく煮えたのを確認し、箱から取り出したカレーのルーを鍋に入れていく。

一気にカレーの香りが食堂に立ち込め、ドールは鼻をクンクンさせる。

「いい匂ーい」

レードルで掻き混ぜながら、ルーを丁寧に溶かしていく。

「あっ、いけない……」

今になってご飯を炊いていないことを思い出し、慌ただしく準備を始めた。

カップに三杯の米を研《と》ぎ、三のメモリまで水を入れる。最近になって炊飯《すいはん》を任されるようになったから、お手の物だ。

釜を炊飯器にセットし、炊飯ボタンを押す。あとはすべて炊飯器がやってくれる。

「これで大丈夫」

胸を撫で下ろしたのも束の間、なにやら鍋が焦《こ》げ臭いことに気づく。

「あーっ」

ガスの火を弱めていなかったから、早くもカレーが焦げ付き始めていた。

あたふたとレードルでカレーを掻き混ぜ、しきりに匂いを嗅ぐ。

焦げ臭さが飛んでいて、カレーの美味しそうな匂いしかしない。どうやら、間一髪のところで間に合ったようだ。

「あっ！」

今度は倉斗の足音に気づき、パッと顔を綻ばせて食堂を飛び出す。

「いけないっ！」

ガスの火を付けたままだったことを思い出し、すぐさまコンロの前に戻る。

火を消してから再び食堂を出たドールは、一目散に廊下を走っていく。

しばらく待っていると、玄関の扉が開いた。

「ただいま」

ドールを見た倉斗が柔らかに笑う。

「倉斗さん、僕、カレーを作ったんです！」

靴を脱いで廊下に上がってきた倉斗に抱きつき、意気揚々と言ったのに反応がない。

いつもの倉斗と違う。急に不安になったドールは、そっと離れて倉斗を見上げる。

「夕飯の前に話があるんだ」

いつになく神妙な倉斗の声に、胸がざわつく。

「そこで話そう」

ドールの肩に手を回してきた倉斗が、居間のドアを開けて中に入る。

居間には大きなテレビがあり、二人掛けのソファーがガラスのテーブルを挟んで置かれていた。

テレビは食堂にもあるため、居間はあまり使われていない。たまに倉一郎が、ソファーで昼寝をしているくらいだった。

「座って」

促されるまま、倉斗と並んでソファに腰を下ろす。

どんどん胸のざわつきが大きくなっていく。

こんなにも真剣な顔をしている倉斗を見るのは初めてだ。

「今日、じいちゃんがあの水晶玉のことをよく知っている人と会ってきた」

唐突に話を切り出した倉斗を、驚きの顔で見返す。

倉一郎がインカ帝国時代に詳しい知り合いについて話をしてくれたのは、もうずいぶん前のことになる。

けれど、話はそれきりになってしまっていたから、倉一郎は忘れてしまったのだと思っていた。

なぜ、今日になっていきなり会いに行ったのだろうか。そして、どんな話を聞いてきたのだろうか。にわかに興味が募ってきた。

「ドールにとってはあまり嬉しくない話ですまないけど、もう猫に戻ることはできない」

「えっ？」

「同じ力を持つ水晶玉が手に入れば新たに願い事ができるけど、どう考えてもそれは無理だから……」

言葉を途切れさせた倉斗は力なく首を横に振ったけれど、願ってもない結果にドールはパッと顔を綻ばせる。

「倉斗さん、僕、ずっと人間のままでいられるんですか？」

猫に戻る方法が見つかったら、人間のままでいるわけにはいかない。

何度か元の姿に戻りたいと思ったことがあるけれど、この先も人間として倉斗と暮らしたい思いが強まっていたから、嬉しくてたまらなかった。

「ドールの本当の姿は猫なんだぞ？　そのままでいいのか？」

満面に笑みを浮かべるドールを、倉斗が解せない顔で見返してくる。

「倉斗さんは僕が猫に戻ったほうがいいんですか？」

「それは……」

「僕は人間のままがいいです！　このままずーっと大好きな倉斗さんと一緒にいたいんです！」

「ドール……」

倉斗の腕を掴み、ありのままの思いをぶつけた。

倉斗が困ったように唇を噛む。

「ダメなんですか？　このまま僕がそばにいたら倉斗さんは困りますか？」

大きく目を開き、縋る思いで倉斗を見つめる。

確かに昨夜は迷惑をかけてしまった。倉斗や淳平に心配をかけてしまったことを、深く反省している。

だから、一念発起をして、今の姿に相応しいだけの知識を身に着けるため、一生懸命、頑張ろうと決意したところだった。

すべては大好きな倉斗と一緒にいたいからだ。その思いしかないのに、猫に戻ってほしいと倉斗が思っているのだったら、ひどく悲しい。

「困ったりしないさ」

「ホントですか？」

「俺は猫のドールも、今ここにいるドールも好きだよ」

「ありがとう、倉斗さん！」

ようやく笑みを浮かべた倉斗に、両手を大きく広げて抱きつく。

このままそばにいられるだけでなく、倉斗から好きだと言われた喜びに胸が躍り、じっとしていられなかった。

「嬉しい……このままずっと倉斗さんと一緒にいられるなんて、嬉しすぎる！」

「ドール、また出たぞ」

どこか呆れたような倉斗の声に、両手でしがみついていたドールは、身体を遠ざけて小首を傾げる。

「さすがに俺は見慣れたし、耳と尻尾が出てるのは可愛いんだけど、いきなり出てくるのはどうにかならないのか？」

ドールの頭に手を伸ばしてきた倉斗が、尖った両の耳を軽く引っ張り、太くて長い尻尾を掴んできた。

「えっ？」

触られて初めて耳と尻尾が出ていることに気づき、困り顔で倉斗を見返す。

これぱかりは、自分の意思ではどうにもできない。なにより、出たことすら気づかないのだから厄介だ。

「ごめんなさい……」

肩を落とし、しょんぼりと項垂れる。

「だいたい、普通に話をしてただけなのに、どうして出たんだ？　まったくわけがわかんないよな」

しみじみとつぶやいた倉斗が、尻尾のつけ根から先端に向けて扱《しご》くように手を動かす。

「ひゃっ……」

つけ根を刺激されたとたんに股間がカッと熱くなり、咄嗟に倉斗に抱きつく。

熱を帯びたそこが、今度は刺激を求めて疼き出した。

「倉斗さん……」

無意識に腰を振り、股間を倉斗の身体に擦りつける。

布越しに擦られるそこが気持ちよくて、どんどん腰の振り方が激しくなった。

そうこうするうちに、昨夜の出来事がまざまざと蘇り、天にも昇る心地を再び味わいたくなってくる。

「昨夜みたいにして……」

甘ったれた声でねだると、肩を掴んできた倉斗にグイッと身体を押しやられた。

「こんなところでなにを言ってるんだ、そろそろご飯の時間だぞ」

「このままだと熱いのが元に戻らないです」

冷たく突き放されながらも、股間が疼くいっぽうのドールは半べそで縋りつく。

「まったく……」

倉斗がしかたなさそうにつぶやいたそのとき、玄関の扉を閉める大きな音が響いた。

「ただいまー」

続けて響き渡った淳平の声に、思わず倉斗と顔を見合わせたドールは隣に座り直し、長い尻尾を身体に巻きつけ両手で抱え込む。

いつもより帰宅する時間が早い。こんなときにかぎって早く帰ってくるなんて、間が悪いとしかいいようがない。

廊下を歩く淳平が、居間を通り過ぎていく。ドアが開いていたら、すぐに見つかっていただろう。

淳平が探しに来る前に耳と尻尾を消したいけれど、方法がわからないドールは倉斗に救いを求める視線を向ける。

「確か、昨夜はイッたら消えたんだよな……」

眉根を寄せてひとりつぶやいた倉斗が、耳を倒し、尻尾を抱えてオロオロしているドールの顔を覗き込んできた。

「たぶん興奮が収まれば耳と尻尾は消えるはずだから、深呼吸をしてみてくれ」

急かすように片手で煽られ、ドールは大きく息を吸って吐き出す。

「倉兄、いる？」

いきなりドアが開き、淳平が顔を覗かせる。

深呼吸の途中で息を呑んだドールは、まだ消えていない尻尾を抱えたまま硬直した。

「えーっ、なんで耳と尻尾が出てんの？」

居間に入ってきた淳平が、興味津々といった顔つきでドールを眺めてくる。

「あの……これは……」

また化け猫と言われそうで、まともに淳平を見返すことができない。

「なんか、よくよく見るとコスプレしてるみたいで可愛いな」

手を伸ばしてきた淳平に耳を弄《いじ》りながらからかわれ、居たたまれなくなったドールはソファーから立ち上がり、そそくさと居間を出て行く。

「急にどうしたんだよ？」

淳平の声が聞こえてきたが、そのまま階段を駆け上がっていき、自室のドアを開けて飛び込む。

閉めたドアに寄りかかったドールは、倉斗の言葉をふと思い出し、何度も何度も深呼吸をする。

「はぁ……ふーぅ……はぁ……」

しばらくすると、股間の熱が引き始めた。

胸を撫で下ろして頭に手をやってみると、尖った耳が消えている。

「なくなってる……」

尻に回した手にも、ふさふさの尻尾が触れることはなかった。

やはり、尻尾と耳の出現は股間の熱に関係しているようだ。けれど、今回は耳と尻尾が出てから股間が熱くなった。

どうして前と順番が逆になったのだろうか。耳と尻尾が出ないようにするには、理由をハッキリさせないといけない。

「ドール、ご飯にするぞー」

あれこれ考えていると、階下から倉斗の大きな声が聞こえてきた。

「あとで倉斗さんに訊いてみよう……」

とりあえず、耳と尻尾が消えたドールは、部屋を出て階段を降りていく。

「あっ、おじいちゃん……」

廊下に下りた所で書斎から出てきた倉一郎と遭遇し、その場に足を止めた。

「あの……倉斗さんからお話を聞きました」

「そうか、力になってやれなくてすまなかった」

申し訳なさそうな顔で見つめてくる倉一郎に、ドールはとびきりの笑顔を向ける。

「僕、猫に戻れなくてもいいいんです。このままの姿で、みんなと暮らしたいって思ってたから」

「そうなのか？」

「お喋りしたり、一緒にいろんなことをしたりするのが、とっても楽しいんです」

倉一郎は納得し難い顔をしていたけれど、ドールが弾んだ声で答えると、安心したように微笑んでくれた。

「よかった、よかった……実は、猫に戻りたいと泣かれたらどうしようかと思っていたのだよ」

笑っているドールの頭を、倉一郎が優しく撫でてくれる。

「ふふっ……」

嬉しくて笑うと、倉一郎も一緒になって笑った。

「ドール……じいちゃんもなにしてるんだよ、カレーが冷めちゃうだろ」

廊下に顔を覗かせた倉斗に急かされ、倉一郎と顔を見合わせたドールは並んで食堂に向かう。

「このカレー、ドールが作ったんだって？」

食堂に入っていくと、食事の準備を手伝っていた淳平が、感心したようにドールを見てきた。

テーブルには四人分の食器が並んでいる。淳平はいつもアルバイト先で夕食をすませてくるのに、今夜はどうしたのだろうか。

「淳平さんも食べるんですか？」

「ちょっと用があってバイトを休んだから、晩飯まだなんだ」

倉一郎の隣に腰かけた淳平が、カレーライスの皿に顔を近づけた。

「すげー美味そうに出来てるじゃん」

「ホントですか？」

淳平に真顔で誉められ、ドールは顔を綻ばせる。

サラダボウルをテーブルに下ろした倉斗に促され、並んで腰かけた。

いつの間にか、サラダが出来上がっている。早く倉斗のように手早く料理ができるようになりたかった。

「さあ、食べよう」

「いただきまーす」

スプーンを手に声をあげた淳平が真っ先にカレーを頬張り、倉斗と倉一郎も次々に食べ始める。

美味しくできているか心配でしかたないドールは、反応を窺いつつみんなの小皿にサラダを取り分けていく。

「美味いよね、倉兄」

「ああ、初めてにしてはよく出来てるな」

淳平と倉斗は気に入ってくれたようだ。

倉一郎はどうだろうかと、不安の面持ちで見つめる。

「いい味だ」

満足そうな笑顔にホッと胸を撫で下ろしたドールは、スプーンを手に取ってカレーを食べ始めた。

「ああ、そうだ、淳平」

ふと思い出したように倉斗から呼びかけられた淳平が、口をもぐもぐさせながら首を傾げる。

「ドールはもう猫に戻れないみたいなんだ」

「えっ？　ずっと人間のままなの？」

「願い事を叶える水晶玉がもうひとつ手に入らないかぎり、どうしようもないからな」

「そっか……」

淳平が心配そうな顔でドールを見てきた。

「僕、このままここで暮らしたいって思ってたから、猫に戻れなくてもいいんです」

悲しんでいないことをわかってもらいたくて、できるだけ明るい声で言ったドールは、笑顔で淳平を見返す。

「ずっと一緒に暮らすことになるから、仲よくしてくれよ」

「仲よくするけどさぁ、たまに耳と尻尾が出るのはなんで？」

淳平は素直に答えたけれど、やはり不思議でならないのか、倉斗とドールを交互に見てきた。

「びっくりして興奮状態に陥ると出るみたいなんだ。だから、絶対にドールを驚かすようなことはしないでくれよ」

「へぇー、そうなんだ」

倉斗の説明を聞いた淳平が、なぜかニヤニヤしているのが気にかかり、ドールは訝しげに見返す。

「ドールさぁ……」

呼ばれて小首を傾げたとたん、淳平がテーブルに身を乗り出してきた。

「わー――――っ！」

「きゃー」

突如、大声を出されて仰天したドールは、大きく仰《の》け反って持っていたスプーンを放り投げる。

床に落ちたスプーンが大きな音を立てた。その音にまたしても驚き、口元がわなわなと小刻みに震える。

「すげー、ホントに出た」

目を丸くしている淳平の言葉に、ドールはハッと我に返って頭に手をやった。

せっかく消えた耳が出ている。尻尾は確かめるまでもない。尻と椅子の背に挟まれてはみ出た尻尾が、真横で揺れ動いているからだ。

「淳平、悪戯が過ぎるぞ」

「ごめん、ごめん、ちょっと確かめたかっただけなんだ」

倉斗に叱られて謝りながらも、淳平は悪びれたふうもなく笑う。

「もう……」

面白がっているとわかったドールは、唇を尖らせてふて腐れる。

「ドール、大丈夫か？」

顔を寄せてこそっと言った倉斗が、ドールの股間に視線を向けてきた。

そういえば、耳と尻尾が出ているというのに、アソコがムズムズしたり熱くなったりしていない。

「なんともないです」

小声で答えると、倉斗は安堵の笑みを浮かべた。

それにしても、いったいどうなっているのだろう。ただ驚いただけでも出てしまうとなると、おちおち外も歩けない。

これから倉斗とたくさん買い物に行けると思っていたから、原因を突き止める必要がありそうだった。

「ところで、確認したいことがあるんだが……」

それまで楽しそうに笑って眺めていた倉一郎が突然、口を開き、他の三人がいっせいに視線を向ける。

「名前はドールのままでいいのか？」

「あっ……」

倉一郎が呈した疑問に、小さな声をもらした倉斗が、迷いも露わな顔でドールを見つめてくる。

「つい癖でドールって呼んじゃうんだよなぁ……」

「ドールでいいじゃん、みんな普通にドールって呼んでるんだし、ハーフっぽいからドールでも通用するよ」

「そうだな」

納得した倉斗を見て、倉一郎もうなずく。

「念のため、わしがドールの細かい設定を考えよう」

「設定って？」

倉斗と淳平が声を揃えると、倉一郎がにんまりとした。

「フルネーム、出身地、生年月日、親元を離れている理由くらいは必要だろう？」

「あっ、なんか面白そう、俺も一緒に考えていい？」

「じゃあ、暇なときにでも考えるか」

「ご飯が終わったら、さっそく考えようよ」

意気投合した倉一郎と淳平は、いつになく楽しそうだ。

なんだか、家族の一員になれたようで嬉しい。

耳と尻尾が出ないようにする方法が見つかれば、不安もなく暮らしていける。

「倉斗さん、おかわりしますか？」

「ああ、そうだな」

皿が空《から》になっていることに気づいて声をかけると、倉斗が笑顔でうなずいてきた。

倉斗の皿を手に立ち上がったドールは、いそいそと調理台に向かう。

さっそくドールの設定について、倉一郎と淳平が議論を始める。一番最初になにを決めるかで揉めているようだ。

傍観《ぼうかん》していた倉斗もいつしか議論に加わっていて、一気に食卓が賑やかになっていく。

皿に盛ったごはんにカレーをかけながら、ドールはこれから新たに始まる楽しい日々に思いを馳《は》せていた。

＊
＊
＊
＊
＊

「あれっ？　倉斗さん、もうお風呂、出たのかな……」

夕飯の片付けを終えて二階に上がったドールは、ドアが開いている倉斗の部屋をなんの気なしに覗き込む。

「あっ……」

目に飛び込んできた倉斗の姿にゴクリと喉を鳴らし、思わず足を止めて目を瞠る。

パジャマのズボンは穿いているけれど、上半身は裸のままで、濡れた髪をタオルで拭いていた。

一緒に風呂に入ったときに倉斗の全裸を見ている。それなのに、裸の上半身、それも後ろ姿に、わけのわからない高揚感を覚えてしまった。

「格好いいなぁ……」

倉斗を一心に眺めていたドールは、背筋に走ったぞわぞわとした感覚に、ふと片手を後ろに回す。

「ひゃっ……」

手をかすめた柔らかな毛に変な声があがり、倉斗が振り返ってくる。

「また出てるぞ」

タオルを首にかけた彼が、呆れたように笑う。

「なにか驚くようなことがあったのか?」

「あっ、あの……倉斗さんを見てたら……」

呆れられた恥ずかしさに頬を染めながらもドールが正直に答えると、倉斗がおいでというように手を動かしてきた。

前に回した長い尻尾を両手で抱え込み、尖った耳を後ろに倒したドールは、俯き加減で歩み寄って行く。

「ドールは可愛いな」

あごに手を添えてきた倉斗に、顔を上向かされる。

叱られるかと思っていたけれど、見つめてくる彼は柔らかに微笑んでいた。

「なんでこんなに可愛いんだ……元は猫で、男の子で、そのうえ今は耳と尻尾があるっていうのに……」

向けられる眼差しがいつになく熱くて、ドールはさりげなく視線を外す。

「俺、どうかしてる……」

倉斗がもらした声が辛そうに感じられ、不安を覚えて視線を戻した。

その顔に微笑みはなく、苦しげに眉根を寄せている。

いったい、どうしてしまったのだろう。いつもの倉斗らしくない。

「ドール……俺……」

言葉半ばで口を噤んだ倉斗の顔が、どんどん迫ってくる。

「倉斗さ……」

そっと重ねられた唇に、声が掻き消された。

「んっ……」

こんなふうにしているのをテレビで見たことがある。

なにをしているのだろうかと不思議に思い、そばにいた淳平に質問すると、そんなことも知らないのかと馬鹿にしながらも、きちんと説明してくれた。

(倉斗さんも僕のこと……)

人間は好きになった人にキスをしたくなる。大好きな倉斗が、自分のことを好きでいてくれたなんて、こんな嬉しいことはない。

優しく背を抱き寄せてきた倉斗に、ドールは躊躇うことなく両手を回してしがみつく。

「んんっ」

キスしてくれたのは嬉しいけれど、息継ぎができなくて苦しい。

倉斗はおかまいなしに唇を貪ってくるから、どんどん息が詰まってくる。

「う……ん、ん」

息苦しさが堪えきれなくなって顔を背けたドールは、そっぽを向いたまま何度も短く息を吐き出した。

「ドール、ごめん……俺、我慢できない」

切羽詰まったように言った倉斗にヒョイと抱き上げられ、ベッドに運ばれる。

驚きに目を丸くしたドールをベッドに横たわらせると、倉斗がのし掛かってきた。

いきなり身体を押さえ込まれ、さすがに慌てる。

「倉斗さん？」

「ドール、ごめん……」

ひとしきり見つめてきた倉斗は、なぜか詫びの言葉を口にすると、またしても唇を重ねてきた。

「んっ……」

唇を舐め、軽く噛み、口の中で舌を這わせてくる。

好きだからキスをしてくれているのに、どうして謝ったりするのだろう。

訊いてみようと思ったけれど、ドールが着ているパジャマ越しに胸を撫でられ、それどころではなくなる。

大きな手で丹念に胸を撫でていた倉斗が、小さな突起に爪を立て、軽く引っ掻く。

痛いような痒《かゆ》いような感覚に声をあげたいのに、唇を塞がれていてできない。

その代わりに長い尻尾をわさわさと揺らすと、倉斗に片手で抱え込まれてしまった。

「ん――っ」

今度は搦め捕った舌をきつく吸われ、鳩尾《みぞおち》のあたりがずくんと疼いた。

同時に胸の突起をきつく摘まれ、体温がにわかに上がっていく。

いつ終わるともしれないキスに、息も絶え絶えで頭がクラクラしてくる。

「はふっ」

ようやく倉斗の唇が離れ、詰めていた息を吐き出したドールは、胸を大きく上下させて呼吸を整えた。

「ドール……可愛い俺のドール……」

熱い吐息混じりの囁きが、尖った耳を覆う毛を揺らす。

こそばゆさにぶるっと身震いすると、柔らかに目を細めた倉斗が、ドールが着ているパジャマのボタンを外し始める。

なにをしているのだろうかと思っていると、露わになった裸の胸にキスをしてきた。

あちらこちらをチュッチュとされ、こそばゆさに身を捩《よじ》る。

「ひゃん……」

小さな突起を吸われ、全身に震えが走った。

倉斗のしていることがよく理解できなかったけれど、きっと唇にするキスと同じ意味があるのだ。

「ドール……」

胸に埋めていた顔を起こした倉斗が、身体を重ねてきた。

互いの肌が密着して、温《ぬく》もりと鼓動が伝わってくる。

パジャマを着て身体をくっつけているときより、何倍も気持ちがいい。ますます身体の熱が高まっていく。

倉斗の手から離れた長い尻尾が勝手に揺れ動き、掛け布団をパタパタと叩いた。

抱きしめてきた倉斗の手が背中から下着の中に滑り込み、用を足すための穴に触れてくる。

「ひゃっ……」

びっくりして身体を強張《こわば》らせると、小さな声で大丈夫と言った倉斗に寝返りを打たされた。

横向きになったドールを片腕で抱きしめ、自分の指をペロリと舐めた倉斗が、また後ろの穴に触ってくる。

「やっ……」

反射的に尻に力が入った。

猫のときは排泄《はいせつ》したあとに自分で舐めて綺麗にしていたけれど、人間はそんなことをしない。

人間にとって汚れた場所のはずなのに、どうして触ってきたりするのだろうか。

倉斗がなにをしようとしているかわからないから、不安になってくる。

「あひっ」

倉斗が指を穴に入れてきた。

あまりの驚きに全身が硬直する。

「力を抜いてて」

あやすように言って唇を重ねてきた倉斗が、ねっとりと口内を舐め回す。

絡みついてきた舌が、ドールの舌を弄《もてあそ》ぶ。

次第に意識が絡み合う舌に向かい、キスに夢中になっていく。

けれど、尻の穴に挿れられた指が動き出したとたん、キスどころではなくなった。

痛いし、窮屈だし、なにより気持ちが悪い。

指を押し出したい一心で息んでみたのに、指は出て行くどころかどんどん入ってくる。

「倉斗さん、やだ……」

不快さに根を上げたドールが唇から逃れ拒むと、倉斗が唇を噛みしめて見つめてきた。

「ドール、おまえが好きなんだ……」

絞り出すように言った倉斗が、頬を擦り寄せてくる。

キスしてくれた時点で、好きなことはわかっていたけれど、言葉にされると嬉しさが倍増した。

もしかすると、人間は好きな相手にはキスがしたくなるだけではなくて、他にもなにかしたいことがあるのかもしれない。

『キスだけじゃ物足りなくなって、セックスするんだ』

ふと淳平の言葉が脳裏に浮かんだ。

セックスがどういったものかまでは教えてくれなかったけれど、たぶん倉斗はこれからそれをしようとしているのだ。

それなら、全部してほしい。好きな人と交わすキスが気持ちいいのだから、セックスも気持ちいいに決まっている。

「僕も倉斗さんが好き」

身を任せる決心がついたドールは、両手で倉斗にしがみつく。

「ドール、可愛い……」

甘ったるい声をもらした倉斗がそっと指を抜き、ドールが穿いているパジャマと下着を一気に脱がして全裸にされた。

さらには倉斗自身も慌ただしく一糸纏わぬ姿になり、改めて身体を重ねてくる。

「倉斗さん……」

裸で抱き合ったとたんに、喜びがわき上がってきた。

それはとても不思議で、倉斗の思いが肌から伝わってくるようだった。

「くっ……」

尻の穴がまた窮屈になったけれど、意識は甘く痺れた股間に向かう。

中途半端に熱を帯びているアソコが、倉斗の逞《たくま》しいモノで擦られている。

灼けるように熱くて硬い塊の脈動が、自分のアソコに伝わってくる。それは味わったことがない感覚で、肌がざわつくほど気持ちがよかった。

「あふ……んんっ」

尻の穴を弄られているのに、どんどん股間の熱が高まり、瞬く間に勃ち上がる。

熱を帯びて感度がよくなったのか、あまりの気持ちよさに蕩けそうだった。

「あ……うっ」

甘い痺れに酔いしれていたら、尻の奥深くまで指を押し込まれ、そこから走り抜けた激痛に尻尾をバタバタと布団に叩きつける。

「ごめん、ちょっと我慢してくれ」

指を挿れられている穴が、ピリピリと痛んで裂けそうだ。

それでも、倉斗が好きだから我慢する。

尻尾の揺れが落ち着くと、深く差し入れられた指が大胆にも動き始めた。

何度も抜き差しされているうちに、不思議なことに次第に痛みが薄れていく。

相変わらず窮屈だったけれど、互いのモノを擦り合わせている股間の心地よさに意識を集めると、不快さを忘れた。

「ひぃ――――っ、ふひゃ……」

身体の中で不意に起きた炸裂に、ドールは叫び声をあげて足をばたつかせる。

「やっ……倉斗さん、やめて……」

またしてもバタバタと尻尾を布団に叩きつけた。

味わっているのは初めて射精したときと同じような感覚なのに、アソコからはなにも飛び出す気配がなくて、ちっともすっきりしない。

そればかりか、硬く張り詰めたアソコが破裂しそうで、痛くてたまらなかった。

「もういいか……」

倉斗の声が耳をかすめると同時に、指が抜けて脱力する。

「はぁ、はぁ……」

息も整わないうちに仰向けにされ、両脚のあいだに割って入ってきた倉斗がそこで膝立ちになった。

急にどうしたのだろうかと思う間もなく、ドールの足首を掴んで膝を折り曲げると、そのままベッドにグッと膝頭を押しつけてくる。

股の奥が丸見えというとんでもない格好にされ、さすがに逃げ惑ったけれど、有無を言わさず尻の穴に太い楔《くさび》の先端をあてがってきた。

「うっ……ひ――――っ」

そのまま倉斗に貫かれ、衝撃的な痛みに叫び声をあげると、慌てたように手を伸ばして口を塞いできた倉斗がドアを振り返る。

奥の部屋に淳平がいることを思い出し、本能的に声を聞かれてはいけないのだと察したドールは、痛みに脂汗を浮かべながら倉斗にコクコクとうなずき返した。

「はぁ……」

深々と貫いてきた倉斗が、気持ちよさそうな息をもらして天井を見上げる。

自分は痛みしか感じていないのに、倉斗は違うようだ。

不思議に思ったドールが涙に滲む瞳で見上げると、天を仰いでいた倉斗が身体を重ねてきた。

「ドール……おまえの中、温かいな……」

頭を抱き込んで囁き、尖った耳を撫で回してくる。

長い尻尾を掴んで引き寄せ、愛しむようにキスをしてきた。

激痛に顔を歪めていたドールは、耳や尻尾を優しく触られ、痛みを忘れていく。

「倉斗さん、気持ちいいんですか？」

「ああ、たまらなく気持ちいい……」

倉斗のうっとりした顔を見たら、また嬉しくなってきた。

「ドールも気持ちよくさせてやるから」

汗が滲む顔に笑みを浮かべた倉斗が、ゆっくりと腰を動かし始める。

「っ……」

舞い戻ってきた痛みに顔をしかめると、縮こまりかけているドールのアソコを握り取った倉斗が、柔らかに揉みしだき始めた。

やわやわとそこを揉まれ、次第に顔の強ばりが解けていく。それを確認した倉斗が、また腰を使い出す。

動かれると尻の穴が痛かったけれど、大きな手で扱《しご》かれているアソコが気持ちよくて、意識が前と後ろを行ったり来たりする。

痛いのと、気持ちがいいのとが入り交じり、どこでどう感じているのかよくわからなくなっていく。

「あっ……」

不意に下腹の奥から覚えのある感覚が上がってきた。

「倉斗さん、倉斗さん……」

必死に呼びかけたドールの顔を、動きを止めた倉斗が覗き込んでくる。

「もう出ちゃいそうか？」

まさにその通りだったから、何度も何度もうなずいた。

「わかった、俺と一緒に気持ちよくなろう」

優しく微笑んだ倉斗が、再び腰と手を動かし始める。

「ひえっ……」

擦られているアソコはすぐにも弾けそうなのに、力任せに突き上げられて痛みに意識が向かう。

早く射精したくてしかたないドールは、痛みを忘れようと倉斗の手に無理やり意識を集めた。

「ドール……」

倉斗が動きを速めてくる。

尻の穴にアソコを擦られている倉斗も、同じように気持ちがいいのかもしれない。

一緒にもっと気持ちよくなりたくなったドールは、倉斗を両手で抱きしめた。

「あぁ……ふぁ……」

どんどん熱の塊が下腹の奥から迫り上がってくる。

射精がしたくて、勝手に腰が前後に揺れてしまう。もう我慢できそうにないくらい追い詰められていた。

「出る……倉斗さ……ん……もっ、無理……」

限界を超えたドールが下腹に力を入れたとたん、倉斗に握られていたあそこから白い液体が噴き出す。

「くっ……うう……」

急に呻いた倉斗が動きを止める。

と同時に、身体の奥深いところが熱いなにかに満たされていった。

倉斗も射精したのかもしれない。

大好きな倉斗と一緒に射精できた。そのことにドールは感動する。

「はぁ……」

大きく息を吐き出した倉斗が繋がりを解き、脱力した身体を預けてきた。

すごい重みだったけれど、それすら嬉しくて抱きしめる。

「ドール……」

頰を擦り寄せてきた倉斗に、やんわりと頭を抱き込まれた。

「ああ、もう消えてる……」

掠れた声のつぶやきに、耳と尻尾が消えたのだと気づく。

倉斗に触ってもらうのが気持ちよかったから、もう少し出たままでいてくれてもよかったのにと、そんなことを思ってしまう。

「倉斗さん、大好き……」

全身が気怠さに包まれている心地よさに、倉斗に頭を擦りつけながら目を閉じる。

倉斗がキスをしたいくらい自分のことを好いてくれていると知ったドールは、このうえなく満たされた思いで眠りに落ちていた。

第八章

「ふふっ……」

髪を弄ばれるくすぐったさに目を覚ましたドールは、目と鼻の先にある黒い瞳に驚いて跳ね起きた。

「おはよう」

ベッドで肘枕をしている倉斗が、笑顔で見上げてくる。

どうして自分のベッドに倉斗がいるのだろう。ドールは不思議に思いながらもきちんと座り直す。

「おはようご……」

いきなり尻に激痛が走り、言葉半ばで唇を噛んだ。

ズキズキと疼いている。怪我でもしたのだろうかと、恐る恐る浮かせた尻に触れたところで、昨夜のことが脳裏に蘇ってきた。

「あっ……」

「そんなに痛むのか？」

心配そうな顔をした倉斗が身体を起こし、痛みを堪えているドールを見つめてくる。

「だ……大丈夫……」

あまり心配させたくない思いから首を横に振ったけれど、疼きは簡単に治まりそうになかった。

そういえば、二人ともパジャマを脱いだはずなのに、ちゃんと着ている。眠ってしまったあとに、倉斗が着せてくれたのだろう。

まったく気づかずに寝ていた自分が恥ずかしいやら、倉斗の優しさが嬉しいやらで、勝手に頬が緩んでくる。

「ごめん、俺が無理をしたから……昨夜のこと怒ってるよな……」

ベッドの上で急に片膝を立てて座った倉斗が、なぜか後悔しているような顔つきで肩を落とす。

好きだと言われて嬉しかったのに、どうして怒っていると思っているのだろうか。

キスをしてくれただけでなく、一緒に気持ちよくなれたから、幸せしか感じていない。

「なんで、そんなこと言うんですか？」

素朴な疑問を投げかけたドールは、尻の痛みを堪えて倉斗に身を乗り出す。

「倉斗さん、僕のこと好きだからキスしてくれたんですよね？」

「ああ、そうだ」

「僕だって倉斗さんのこと大好きだし、お互いに好きなんだから、キスやセックスをするのは普通なんじゃないんですか？」

小首を傾げて見つめると、倉斗が解《げ》せないといった感じで眉根を寄せた。

「ドール、どうしてそんなことを知っているんだ？」

「前に淳平さんが教えてくれました、人間は好きな人にキスしたくなって、それからセックスしたくなるって。僕、倉斗さんが好きだから、すごく嬉しかったんです」

「ドール……」

柔らかに笑った倉斗に、そっと抱き寄せられる。

「いっ……」

優しくしてくれたのに尻が痛み、咄嗟に倉斗の腕を掴んだ。

「ごめん、動くと痛むんだな」

申し訳なさそうな顔をした倉斗が、静かに横たわらせてくれた。

倉斗はいつも優しい。それが、今朝はいつも以上に優しくて、尻が痛んでも得した気分だった。

「ドール、おまえが大好きだ」

ベッドに片手をついて前屈みになった倉斗が、ドールの唇を塞いでくる。

「んっ」

躊躇うことなく唇を受け止め、さっそく舌を絡め合う。

すぐに息苦しくなってきたけれど、重ねた唇に隙間ができたときや、鼻で呼吸をすればいいのだと気づき、いつまでもキスを交わした。

「んふっ……」

絡めとられた舌をきつく吸われ、胸の奥が熱く疼く。

同時にアソコも熱くなり、パジャマに覆われている肌が、ざわざわし始めた。

「また、出た……」

唇を離した倉斗に長い尻尾を掴まれ、ドールはハッと目を瞠る。

尻尾が出ているということは、確かめるまでもなく耳も出ているはずだ。

股間が熱を帯びてくると、耳と尻尾が現れる。不完全な人間なのは悲しいけれど、これはもう自分ではどうしようもなかった。

「猫のときより大きいから触り心地がいい」

いつも呆れてばかりだった倉斗が、嬉しそうに目を細めて尻尾を撫で回してくる。

尻尾のつけ根から先端に向けて何度も撫でられたら、熱くなっているアソコを直に扱かれているような錯覚に陥った。

「あ……ふんっ……」

鼻にかかった声をもらして、腰を前後に揺らす。

どんどんアソコが大きくなっていき、我慢できなくなったドールは倉斗の手を掴んだ。

熱を沈めてくれるのは倉斗しかいない。倉斗の手で気持ちよくなりたかった。

「どうした？」

「ここ、して……」

掴んだ手を股間に導くと、倉斗が小さな笑い声をもらす。

「まったく、ドールはおねだり上手だな」

楽しそうに言った倉斗が、ドールのパジャマと下着をまとめて引き下ろし、あろうことか股間に顔を埋めてくる。

「ひっ……」

驚きの声をあげる間もなくアソコを咥えられ、細い腰が跳ね上がった。

手で扱いてくれるとばかり思っていたから、口に含まれて激しく動揺している。

排泄器官だから、きれいな場所とは言い難い。それを咥えるなんて、人間は変わった生き物だ。

「うひゃっ……」

硬くなったアソコの裏筋を舐められ、くびれているところに歯を立てられ、手でされるのとはまったく違った快感が走り抜けていく。

「倉斗さん……やっ……」

同時に尻尾を撫でられ、そちらでも感じてしまったドールは、双方から湧き上がってくる強烈な快感に身を捩って逃げ惑う。

けれど、倉斗は尻尾を触りながら、咥えているアソコを執拗に責め立ててくる。

おかしくなりそうなほど気持ちがよくて、下腹の奥で覚えのある感覚が渦巻き始めた。

「あっ、ああ……出……る……倉斗さん、倉斗さん」

股間に顔を埋めている倉斗の頭を咄嗟に掴み、自ら腰を前後に揺さぶる。

咥えられているアソコが、今にも爆発しそうだ。

でも、このままだと口の中に射精してしまう。すぐにでも解き放ちたいのに、躊躇いがあるドールは倉斗の頭を押しやる。

「このまま出していいぞ」

顔を上げて短く言った倉斗が、煽るように窄《すぼ》めた唇でアソコを扱き上げてきた。

「ひゃ――――っ」

とどめを刺されたドールは、思いきり腰を突き出して倉斗の口内にすべてを放つ。

「はっ、あぁぁ……」

さらにきつく扱き上げられ、最後の一滴まで搾り取られて身震いしたとたん、全身から一気に力が抜け落ちた。

「はぁ……」

放心状態で胸を大きく上下させる。

最高に気持ちがよかった。甘く痺れている肢体をベッドに投げ出し、うっとりと余韻に浸る。

「尻尾と耳が消えてるってことは、すっきりしたんだな？」

顔を覗き込んできた倉斗に、力ない笑みを浮かべてうなずき返す。

「俺は朝ご飯の支度があるから下に行くけど、ドールは寝てていいぞ」

軽く唇を啄《ついば》んでくると、倉斗はそそくさとベッドから降りてしまった。

尻が痛むのを知っているから、気を遣ってくれたのだ。

「待って、一緒に行きます」

自分だけ寝ているわけにはいかないと思い、ベッドを飛び出したのはいいが、床に下り立った振動に尻がずきんと疼いた。

「いったぁ……」

「だから、寝てろって言ったのに」

無理をするなと笑った倉斗に、痛みを我慢して歩み寄って行く。

「倉斗さんのお手伝いがしたいです」

「しようがないな……」

倉斗は小さなため息をもらしながらも、ドールの肩を抱き寄せてきた。

「ああそうだ、俺たちが好き合ってることは淳平に内緒だぞ」

「言ったらダメなんですか？」

「俺にとってドールが特別な存在だって知ったら、淳平は絶対に拗ねるからな」

「そっか……わかりました」

真っ直ぐに倉斗を見上げ、笑顔でうなずいた。

以前、倉斗のベッドに入っているところを見ただけで、淳平が激怒したことを思い出したのだ。

淳平は実の兄のように倉斗を慕っているから、確かに拗ねるかもしれない。

仲よくやっていけそうなのに、わざわざ淳平が機嫌を損ねるようなことはしないほうがいいように思えた。

「さあ、行こう」

肩に手を回してきている倉斗に促されたドールは、尻の痛みから気を逸らしながらドアに向かっていた。

＊　＊　＊　＊　＊

食堂のテーブルを四人で囲み、トーストと目玉焼きだけの簡単な朝食を始めてから間もなく、話題はドールのおい立ちに関することに移っていた。

「じいちゃんと考えたんだろう？」

「そうそう、正式な名前はトリスタン・ニールで、サンフランシスコ生まれ、誕生日は一九××年五月五日、あとは、えーっと、父親がアメリカ人で母親が日本人、小さいころ日本に来たから英語はまったく話せなくて、絵の勉強かなにかをしてるって感じでどう？」

倉斗に訊かれて答えた淳平が、トーストを齧りながらドールを見てくる。

いっぺんに覚えるのは大変そうだ。それに、サンフランシスコとかアメリカとか言われてもよくわからない。

「トリスタン・ニールってどこから取ったんだ？」

「わしの知り合いのアメリカ人の名前だ」

「そのまんま？」

「同姓同名でもかまわんだろ」

倉斗は呆れた顔をしたけれど、倉一郎は気にしたふうもなく笑って肩をすくめた。

「まあ、そうだけど、トリスタンで愛称がドールって変だろう？」

「人形みたいに可愛いからドール、別に変じゃないでしょ？」

倉斗のさらなる問いかけに答えた淳平が、食べかけのトーストを口に押し込んで椅子から立ち上がる。

淳平のいつになく慌ただしい動きに、席に着いている三人が珍しそうに見上げた。

「俺、今日はちょっと早く出ないといけないんだ。ドール、悪いけど洗濯と掃除、頼んでいい？」

椅子をテーブルの下に押し込んでいる淳平に、もちろんと笑顔でうなずき返す。

「サンキュー、じゃ、行ってきます」

食堂を出た淳平が、バタバタと廊下を走っていく。

「わしもそろそろ出かける時間だな」

「おじいちゃん、学校の講義ですか？」

「午前中だけだから、昼過ぎには戻ってくるよ」

誰もいなくなってしまう寂しさを感じたドールに、倉一郎が慰めるように言って優しく微笑む。

「ごちそうさま」

倉一郎が静かに席を立ち、食堂をあとにする。

急に倉斗と二人だけになったドールは、寂しいような、嬉しいような複雑な気分で温めた牛乳を飲んだ。

「明日は仕事が休みだから、また商店街に行ってみるか？」

マグカップを手にした倉斗が、どうだと言いたげに首を傾げる。

「いいんですか？」

「この前もべつに問題なかったし、家にいてばかりだと退屈だろう」

「商店街に行きたいです」

元気よく返事をすると、倉斗がおかしそうに笑った。

「コーヒー、おかわりしますか？」

「うん？　ああ」

マグカップの中を覗いた倉斗が小さくうなずき、椅子から立ち上がってテーブルを離れたドールは、調理台に置いてあるコーヒーメーカーのサーバーを取って戻ってくる。

「ありがとう」

倉斗がテーブルに置いたマグカップに、サーバーに残っているコーヒーを注ぐ。

黒い液体を美味しそうに飲むのがいまだに信じられないが、コーヒーを飲んでいる倉斗の姿はことさら格好よく、ドールは眺めているのが好きだった。

「全部、入っちゃいましたね」

空になったサーバーをテーブルに置き、再び椅子に腰かける。

「ドールが淹れてくれるコーヒーは美味いな」

椅子の背に寄りかかって足を組んだ倉斗が、マグカップに満たしたコーヒーを啜った。

彼の言葉がお世辞なのはわかっている。コーヒー豆と水をセットしてスイッチを押すだけで、あとは機械がやってくれるのだから、誰が淹れても同じはずだ。

それでも、倉斗に誉められるのは嬉しい。どんなに些細なことでも、自然に顔が綻ぶ。

「さて、俺もそろそろ行くか……」

マグカップをテーブルに下ろした倉斗が、ひとつ息を吐き出して席を立ち、床に置いていたショルダーバッグを取り上げる。

「じいちゃんが帰ってくるまで、戸締まりをちゃんとしておくんだぞ」

「はい」

急いで椅子から腰を上げたドールは、ショルダーバッグを肩にかけながら注意を促してきた倉斗に大きくうなずいて見せた。

大きな家にひとりぼっちでいるのはやはり寂しい。それでも、食事の後片づけ、掃除、洗濯と、やることはいろいろあるから気は紛れる。

「じゃあ、行ってくるよ」

真っ直ぐに見つめてきた倉斗が、なにを思ったのか顔を近づけてきた。

唇が触れそうになったところで、キスをしようとしているのだと気づいたドールは、咄嗟に両手で自分の口を塞ぐ。

「いやなのか？」

キスを拒まれた倉斗が、不満げに見返してきた。

「また尻尾と耳が出ちゃうから……」

キスをしたら間違いなく、身体の熱が高まる。

そうなったら、また困った事態に陥ってしまうのだ。

「早く出かけないと遅刻しますよ」

倉斗の後ろに回ったドールは、両手を彼の背にあてて無理やり食堂から追い出す。

「キスだけでもダメなのか？」

おとなしく玄関に向かって廊下を歩き出したものの、倉斗はまだ不満そうだ。

本当はキスがしたい。けれど、耳と尻尾が出てしまうことを考えると、今は我慢するしかない。

「ダメです、キスは夜までお預けです」

「キスもお預けとは、困ったもんだな」

文句を言いながら玄関を降りて靴を履いた倉斗が、廊下の端に立っているドールに向き直ってくる。

「ここにチュってしてくれないか」

片頬を差し出され、意味がわからず首を傾げた。

「唇をあてるだけだよ」

そう言われたドールは、身を乗り出して倉斗の頬に唇を押しつける。

「今のはいってらっしゃいのキスだから、覚えておいて」

満足そうに笑った倉斗が、背を向けて玄関の扉を開けた。

「いってきます」

「いってらっしゃーい」

玄関を出て行く倉斗を見送り、扉を閉めて鍵を掛ける。

「いってらっしゃいのキス……他にもあるのかな……」

唇を重ね合わせるだけがキスではないようだとわかり、あれこれ思い描きながら廊下に上がり、後片づけをするため食堂に向かう。

「もしかして、帰ってきたときもほっぺたにキスしていいのかなぁ……」

出かける前に頬にキスをするのなら、帰宅したときにも同じようにしていいような気がする。

倉斗から言われる前に、おかえりなさいのキスをしてみようと思いついたドールは、いそいそと廊下を歩きながら頬を緩めていた。

終

ドールのおつかい

薄手のセーターとデニムパンツの上に、ゆったりめのダッフルコートを羽織ったドールは、ひとりで商店街を歩いている。

本来の姿は猫でありながら、浅葱《あさぎ》家で人間として生きていく決心をしたのは三ヶ月前のことだ。

あっという間に秋が終わり、冬がやってきた。空気は冷たく、昼までもコートなしでは外を歩けないほどの寒さになっている。

「大丈夫かな……」

ドールが買い物をするために、ひとりで家を出たのは初めてだ。

なにかの拍子に猫の耳と尻尾が現れてしまったら、ドールひとりでは対処できない。だから、飼い主であり恋人でもある倉斗《くらと》が絶対に一緒だった。

それでも、耳と尻尾が出るのは限定的なこともあり、ひとりで買い物に行ってみたいとせがんだのだ。

倉斗と二人で商店街に何度も来ているから、買い物の仕方は覚えたし、簡単な計算もできるようになっている。

晩ご飯用の総菜《そうざい》を買うだけだから、たいして時間はかからない。そう言ってお願いをしたのだ。

心配性の倉斗はすぐに首を縦には振ってくれなかったけれど、一生懸命、お願いをすると、ようやく許してくれた。

ただ、ダッフルコートを着ていくことが条件だった。ゆったりしていて丈《たけ》が長いから、尻尾が出たとしても人に見られることがない。

緊急時でも、急いで大きなフードを被れば、耳も隠すことができる。ダッフルコートであれば、突然の危機を回避できると考えたらしい。

もちろん、ドールはすぐに承諾した。ひとりで商店街へ買い物に行けるのならば、ダッフルコートを着るのは厭《いと》わなかった。

「あっ、タコ焼きの匂い……」

キョロキョロしながら商店街を歩いていたドールは、香ばしいソースの香りに誘われてふらふらとタコ焼き屋に足を向ける。

週に一度だけ空《あ》き店舗に出店するため、いつでも買うことはできない。商店街には老舗《しにせ》のたい焼き屋があるが、ドールはタコ焼きのほうが好きなのだ。

「おじさん、タコ焼きをひとつください」

店の前に立ったドールは、ダッフルコートのポケットから財布を取り出し、百円玉を三つ用意する。

「はい、おまちどうさま」

「ありがとう」

差し出されたタコ焼きのパックが入った白いビニール袋を受け取り、握っていた三百円を渡す。

「ありがとね」

愛想のいい笑みを向けてきた店主に笑い返し、ドールは再び商店街を歩き出す。

人は少ないほど安全ということで、買い物客で混雑する時間を避けてきたから、ほとんど人通りがない。

「いい匂いだなぁ……」

提げているビニール袋を顔に近づけ、クンクンと匂いを嗅ぐ。

今日の倉斗は仕事が休みで家にいる。一緒に食べるつもりだったけれど、どうにも我慢できなくなってきた。

「二つくらいなら……」

タコ焼きが大好きなことを知っているから、きっと倉斗も許してくれると思い、商店街の中ほどにある広場に足を向ける。

子供用のちょっとした遊具や、買い物途中に休めるようにベンチが置いてある、商店街の憩《いこ》いの場だ。

広場に入っていったドールに、日向《ひなた》のベンチに座ってお喋りをしているお年寄り二人が目を向けてきた。

顔見知りではないけれど、無視をするのも失礼だと思ってにっこりすると、お年寄りたちが笑顔で会釈をしてくれた。

たったそれだけのことが妙に嬉しくて、ドールはいそいそと奥のベンチに行って腰を下ろす。

揃えた膝に載せたビニール袋から、透明パックに入っているタコ焼きを取り出す。

「うふっ……」

青のりとカツオ節《ぶし》がかかったタコ焼きを見ただけで、自然に顔が綻んでくる。

人間になっても好き嫌いなくなんでも食べているが、元が猫だからなのかカツオ節には滅法《めっぽう》、弱い。

透明パックを留めている輪ゴムを外し、添えてある竹串《たけぐし》を取ってタコ焼きに刺す。

「ふぅー、ふぅー……」

口に近づけたタコ焼きに、息を吹きかけていく。

人間になっても猫舌なのだ。早く食べたくてうずうずしているのに、熱くてすぐ口に放り込めないのが辛《つら》い。

口内に溢れてくる唾液を何度も飲み下しながら、必死に息を吹きかけてタコ焼きを冷ましていく。

前に、もう大丈夫だろうと思って食べたら、タコ焼きの中はまだ熱々で大騒ぎをしたことがあった。あんな熱くて痛い思いは二度としたくないのだ。

「そろそろ、いいかな？」

二つに割れば、中の熱さを確認できる。ただ、タコ焼きは丸ごと食べることに醍醐味《だいごみ》があるから、それはしたくなかった。

「ふーっ」

最後に深く吸い込んだ息を吹きかけ、大きな口を開けてタコ焼きをぱくつく。

「はふっ、はふっ……」

念入りに冷ましたつもりだったのに、ねっとりとしている中はまだ熱かった。

ただ、ぎりぎり我慢できるくらいの熱さだったから、大好きなタコ焼きを味わうことができた。

「こんなとこで道草をしているのか？」

口をモグモグさせながら二つ目に竹串を刺していたドールは、聞き覚えのある声にパッと顔を上げる。

「倉斗さん、どうして……」

シャツとスラックスにダウンジャケットを羽織っている倉斗を、長い睫を瞬かせながら見上げた。

「心配になって来てみれば、買い食いなんかして」

倉斗が呆れたように言いながら、ドールの隣に腰かけてくる。

ひとりで買い物に行ってもいいと言って送り出してくれたけれど、気になって追いかけてきてくれたのだ。

「ごめんなさい……どうしても我慢できなくなっちゃって……」

「猫にカツオ節とはよく言ったもんだ」

来てくれたことを嬉しく思うと同時に、買い食いを見られた恥ずかしさに、肩を落としてしゅんとしているドールの頭を、大きな手でクシャクシャと撫でてきた。

頭を撫でてくれたのだから、怒っているわけじゃない。叱られると思っていたドールは胸を撫で下ろし、タコ焼きのパックを両手で取り上げる。

「倉斗さん、一緒に食べましょう」

にこにこ顔で差し出すと、倉斗が竹串に手を伸ばしてきた。

「美味しそうだな」

目を細めて竹串でタコ焼きを取り上げたのに、なぜかパックに戻してしまう。

「せっかくだから、自販機でお茶を買ってこよう」

「僕が買ってきます、これ持っててください」

倉斗にビニール袋ごとタコ焼きのパックを渡し、ドールはそそくさとベンチから立ち上がる。

「買い方、わからないだろう？　一緒に行くよ」

「この前、教えてもらったからひとりで大丈夫ですよーだ」

ひとりではなにもできないと思われているのが悔しく、イーッと歯を剥《む》いてから広場を出て行った。

倉斗はいつも優しい。知らないことを、ひとつひとつ丁寧に教えてくれる。それはとても嬉しいけれど、たまに過保護すぎると思ってしまうのだ。

もとは猫なのだから、人間とまったく同じようにできるまでには時間がかかる。知らないことは教えてもらうしかない。

でも、それなりに人間として成長していると自分でも思っているから、もう少し倉斗に認めてほしいと思ってしまうのだ。

「お茶くらい買えるのに……」

自動販売機は広場を出てすぐのところにあったが、お茶の種類はたくさんあるのに緑茶がない。

家でタコ焼きを食べるときはいつも緑茶を飲んでいるから、ドールは別の自動販売機を探すことにした。

少し歩いた先にあった自動販売機に緑茶を見つけ、ダッフルコートのポケットから財布を取り出す。

「ここにお金を入れて……」

硬貨の挿入口に百円玉と十円玉を入れると、たくさん並んでいるボタンがいっせいに点灯した。

「緑茶だから、これ……」

ボタンを押して間もなく、下の方でゴットンと大きな音がし、ドールはその場にしゃがみ込む。

「あっ……」

取り出し口から引っ張り出したペットボトルを、口を開けたまま見つめる。

ほしかったものと、あきらかに違う。

「どうしよう……」

押すボタンを間違えたらしく、炭酸飲料水が出てきてしまったのだ。

ひとりで大丈夫だと豪語して買いにきたから、このまま戻れば倉斗に笑われてしまう。

炭酸飲料水が飲みたかったという嘘など、さすがに信じてもらえないだろう。

「もう、ここで飲んじゃえ」

その場に立ち上がったドールは、ペットボトルのキャップを開けて、証拠隠滅《いんめつ》とばかりに勢いよく炭酸飲料水を飲んでいく。

飲み干したら腹がいっぱいになりそうだったけれど、倉斗に笑われたくない一心で喉に流し込んでいった。

「はふっ……」

どうにか炭酸飲料水を飲み干し、空のペットボトルをゴミ箱に捨て、改めて自動販売機と対峙する。

「今度は間違えないようにしないと……」

硬貨を入れたドールは、慎重にボタンを選んで押す。

「よかった……」

　取り出した緑茶を見てホッとする。

　お茶を二本、買うかどうかを迷ったあげく、一本でいいことにしたドールは広場に戻っていった。

「お待たせしました」

「遅かったな？」

「そこの自動販売機にはお茶がなかったから、少し先まで行ってきたんです」

　倉斗の隣に腰かけ、キャップを開けてからペットボトルを渡す。

「ドールのは？」

「一本で足りるかなと思って……」

「ホントに？」

　ペットボトルを手にした倉斗から疑り深い視線を向けられ、後ろめたい思いから目を逸らしてしまう。

「なにか隠し事してないか？」

「べ……べつに……」

「ふーん」

平静を装って否定したのに、倉斗はまるで信じていない。

「嘘をつくのはいけないことだって、前に教えたよな？」

顔を近づけてきた倉斗が、ドールの大きな瞳を覗き込んでくる。

炭酸飲料水は飲み干して空のボトルも捨ててきたから、黙っていれば倉斗に気づかれることはないだろう。

でも、嘘をつくのは悪いことだ。たいせつな人を騙したりしてはいけないと思い直したドールは、立ち上がって深く頭を下げる。

「ごめんなさい、ボタンを押し間違えちゃったから、向こうで飲んできました」

「まったく……」

大きなため息をもらした倉斗が、ベンチをトントンと叩いた。

「座って」

肩を落として項垂れていたドールは、促されるままベンチに腰かける。

「誰にでも間違いはある。ドールはいろいろなことを覚え始めたばかりなんだから、間違えたことを恥ずかしがったりしなくていいんだよ」

「ごめんなさい……もう嘘をついたりしません」

優しく諭《さと》してきた倉斗に改めて謝り、おずおずと顔を上げた。

「さあ、食べよう。丁度よく冷めたんじゃないかな」

いつと同じ優しい笑みを浮かべた倉斗が、ペットボトルを二人のあいだに下ろし、膝の上から取り上げたタコ焼きを勧めてくる。

「いただきます」

竹串に刺したタコ焼きにいつもの癖で息を吹きかけるドールを見て、倉斗がおかしそうに笑う。

「もう冷めてるよ」

「あっ……」

照れ笑いを浮かべ、ぱくりとタコ焼きを食べる。

猫舌でも問題なく食べられる熱さで、すぐさま新たなタコ焼きに竹串を刺す。

「美味いな？」

「とっても美味しいです」

口をモグモグさせている彼と顔を見合わせたドールは、満面の笑みを浮かべて大きくうなずき返した。

「飲むか？」

先にお茶を飲んだ彼がペットボトルを差し出してきたけれど、炭酸飲料水で腹が膨らんでいるからいらないと首を横に振る。

八個あったタコ焼きがあっという間になくなり、倉斗が空のパックとペットボトルをビニール袋に入れていく。

「捨ててくる」

広場の隅に置かれたゴミ箱に向かう倉斗を、ドールはベンチに座ったまま両足をプラプラさせて眺める。

ひとりで買い物をしてみたくて我がままを言ってしまったけれど、やっぱり倉斗と一緒のほうが楽しい。

「心配で様子を見に来てくれる倉斗さんて、ホントに優しいなぁ……」

猫ではなく、人間として倉斗のそばにいられる喜びが、日ごと増していく。

こんなに幸せでいいのだろうか。いつか悪いことが起きるのではないだろうかと、たまに怖くなってしまうくらいだ。

「ドール、危ない！」

倉斗を見つめていたドールは、急に大きな声をあげたことに驚くと同時に、背中に強烈な痛みを感じた。

前のめりになるほどの衝撃に、なんだろうと思う間もなく、今度はなにかが肩に駆け上がってくる。

「シャーッ」

耳元で威嚇《いかく》され、肩に乗っかっているのが猫だと気づく。

「やだっ、痛いっ！」

フワフワの髪に噛みついてきた猫が、思いきり引っ張ってくる。

いきなり襲ってくるなんて信じられない。

どうして自分が狙われたのだろう。

「ドール！」

後ろに手をやってどうにか追い払おうとしたとき、血相《けっそう》を変えて走ってきた倉斗を見て猫がパッと飛び退いた。

「ビックリしたぁ……」

ドキドキしながら振り返ったドールの目の前を、黒猫が猛ダッシュで駆け抜けていく。

前にも商店街を歩いているときに、黒猫に威嚇されたことがあった。

あのときと同じ猫だろうか。猫にはよく遭遇するけれど、だいたいドールには無関心だから、同じ可能性がある。

「でも、なんで……」

解せない思いで逃げていく黒猫を見ていると、目の前に立った倉斗にいきなりダッフルコートのフードで頭をすっぽりと覆われた。

「倉斗さん？」

いきなりなにをするのかと座ったまま彼を見上げる。

「耳が出てるんだよ」

「えっ？」

まさかと思ってフードの中を探ったら、毛に覆われた耳が確かにあった。

ということは、尻尾も出ているのだろうか。後ろに手を回してダッフルコート越しに尻のあたりを探ると、少し盛り上がっていた。

「それを着せて正解だったな」

安堵したように小さく息を吐き出した倉斗が、隣に腰かけてくる。

ベンチでお喋りをしていたお年寄りたちは、いつのまにかいなくなっていて、広場には倉斗と二人きりだ。

もし商店街を歩いているときだったら、誰かに気がつかれたかもしれない。人がいない広場でよかったと、ドールは胸を撫で下ろす。

「そういえば、前もそのへんで黒猫に威嚇されたよな？」

「倉斗さん、覚えてるんですか？」

「ドールの驚きっぷりがおかしかったから、よく覚えてるんだ」

倉斗が思い出し笑いをする。

「笑いごとじゃないのに……」

「ごめん、ごめん」

笑いながら謝った彼が、フードを被っているドールを見つめてきた。

「どうかしたんですか？」

「いや、その格好、可愛いなと思って」

「これ？」

ドールは被っているフードを意味もなく触る。

自分では見ることができないから、どんなふうなのかよくわからなかったけれど、可愛いと言われるのはいい気分だ。

「で、まだ消えないのか？」

フードを少し持ち上げて中に目を凝らした倉斗が、まだ無理かと言いたげな顔で肩をすくめた。

「あの黒猫、僕が本当は猫だってわかってるのかなぁ……」

「猫が威嚇したり、襲うのは敵とみなしているからだろう？　ドールが巨大な猫に見えてるのかもしれないな」

「そんなことあるんでしょうか？」

首を傾げて彼を見返す。

他の野良猫たちは興味を示さなくて、黒猫だけというのも疑問だ。黒猫には特別な能力でも備わっているのだろうか。

猫として生まれたけれど、すぐに仲間から引き離され、ずっとペットショップで過ごしてきたから、他の猫についてはよくわからなかった。

「なにかしら感じるものがあるんだろうな。俺が一緒だとあの猫も襲ってこない感じだったから、やっぱりドールは商店街にひとりで来ないほうがよさそうだ」

倉斗と二人で買い物したほうが楽しいとわかったから、もうひとりで行くつもりがないドールは素直にうなずく。

「はい、そうします」

「耳がいつ消えるかわからないし、そのままじゃ買い物もおちおちしていられないから、もう帰ろう」

倉斗に続いてベンチから立ち上がり、並んで広場を出て行く。

驚いて耳と尻尾が出たのは、かなり久しぶりのことだ。家にいても驚くことはあるけれど、なんの変化もないから大丈夫なのだと思っていた。

耳と尻尾が突如、出てしまうのは、もうどうしようもないから諦めているとはいえ、なんの前触れもないのが困りものだ。

「タコ焼きを食べに来ただけになっちゃいましたね？」

「たまにはこんなこともあるさ」

気にするなと言いたげに笑った倉斗が、さりげなく手を繋いでくる。

大きな手に指を絡め、身を寄せて家路に就く。

「お夕飯のおかずはどうします？」

「今日はじいちゃんがいないから、出前でも取るか？」

「お寿司《すし》がいいです！」

ぴょんぴょん跳びはねながら、倉斗を見上げる。

淳平の誕生日祝いに、寿司を取ったことがあった。大きな丸い桶に、たくさんの握り寿司が並んでいて、すごく美味しくて感動したのだ。

「また値の張るものをリクエストしてきたな」

「えっ？　そうなんですか？」

きょとんとした顔で見返すと、倉斗は苦笑いを浮かべた。

「お寿司は高級品なんだぞ」

「すみません、知らなくて……」

ドールはしゅんと肩を落とす。

倉斗のように外で働くことなどとてもできないから、頑張って家事手伝いをしている。

とはいえ、浅葱家の居候であることに変わりなく、贅沢を言える身ではないのだ。

「ドールは猫だけあって魚が好きなんだよな。滅多に二人でご飯を食べられないし、今日くらい奮発するか」

「あの……無理しないでください……」

余計なことを言わなければよかったと後悔する。

「気にしない、気にしない。俺だってたまには寿司が食べたいんだよ」

そう言っておおらかに笑った倉斗が、繋いでいる手を大きく振り出す。

「そろそろ消えたんじゃないか？」

歩きながら被っているフードに目を向けられ、片手で頭に触れてみる。

「あっ……消えてます」

フードを後ろにやり、頭をプルプルッと振った。

ついで尻のあたりを触ってみると、一緒に尻尾も消えたようだった。

「とりあえずは一安心だな」

「はい」

商店街を出てだいぶ歩いてきたから、黒猫が襲ってくることもないだろう。

このまま無事、家に帰ることができそうだ。

「あっ、雨……」

急にポツリポツリと雨が降ってきた。

つい先ほどまで空は青く晴れ渡っていたから驚きだ。

「濡れるぞ」

外したばかりのフードを、また頭に被せられる。

「あー、洗濯物が濡れちゃう」

「走って帰ろう」

朝、洗濯物を干したことを思い出したドールが声をあげると、倉斗が手を繋いだまま走り出した。

ずれそうになるフードを片手で押さえつつ、倉斗と一緒になって懸命に走る。

急いで家に戻らなければいけないのに、雨の中を二人で走るのがなんだか楽しくてしかたない。

「本格的に降ってきたぞ」

「きゃぁ、きゃぁ……」

にわかに強まった雨にはしゃぎ声をあげながら、ドールはしっかり手を繋いでくれている倉斗と家路を急いでいた。

終

あとがき

みなさまこんにちは、伊郷《いごう》ルウです。

このたびは『甘やかされるモフモフ』をお手に取っていただき、誠にありがとうございました。

タイトルにもありますように、本作はモフモフ三昧《ざんまい》のケモミミものでございます。

三角耳と太ーい尻尾が、ひょこひょこと現れます。

ケモミミものは何作か書いてきましたが、耳と尻尾の出現率がもっとも高い作品かもしれません。

メインキャラの猫はラグドールという大型種で、私はこの猫が大好きなんです（飼ったことはないのですが……）。

それで、だいぶ前に同じ猫種を多頭飼いしているお話を書いたことがあるのですが、そのときは普通の猫として登場させました。

いわゆる猫として登場させるだけでも楽しいのですが、今回は人間に大変身ということで、これまで以上に楽しんでしまいました。

ラグドールは本当におっとりしていて、人懐っこくて、可愛くて、ぽわんとした受君《うけくん》にはぴったり！　そんな気がしているのですが、いかがでしょうか？

賑《にぎ》やかで明るいお話ですので、ちょっとした息抜きに楽しんでいただければ幸いです。

最後になりましたが、イラストを担当してくださいました鈴倉温《すずくらはる》先生には、心よりの御礼を申し上げます。

お忙しい中、可愛くて心温まるイラストの数々を、本当にありがとうございました。

二〇一六年　初秋

伊郷ルウ

セシル文庫をお買い上げいただき、ありがとうございます。
この本を読んでのご意見・ご感想・ファンレターをお待ちしております。

☆あて先☆
〒154-0002　東京都世田谷区下馬6-15-4
コスミック出版　セシル編集部
「伊郷ルウ先生」「鈴倉 温先生」または「感想」「お問い合わせ」係
→EメールでもOK！　cecil@cosmicpub.jp

セシル文庫

甘《あま》やかされるモフモフ

【著者】　伊郷《いごう》ルウ
【発行人】　杉原葉子
【発行】　株式会社コスミック出版
〒154-0002　東京都世田谷区下馬 6-15-4
【お問い合わせ】　-営業部-　TEL 03(5432)7084　FAX 03(5432)7088
-編集部-　TEL 03(5432)7086　FAX 03(5432)7090
【ホームページ】　http://www.cosmicpub.com/
【振替口座】　00110-8-611382
【印刷／製本】　中央精版印刷株式会社

上司と恋愛
～ 男系大家族物語 ～

日向唯稀

「ひっちゃ、ひっちゃ、まんまー」

７人兄弟の長男・寧の朝はミルクの香りで始まる。一歳ちょっとの末弟・七生に起こされ、５人の弟たちを送り出す大奮闘の日々だ。そんな事情もあり、会社につくとホッとする寧だったが、ある日、やり手の部長との仕事でうっかりミスを起こしてしまう。落ち込む寧は挽回のために部長の姪を預かることになるが──!?

イラスト：みずかねりょう

セシル文庫　好評発売中!

狼ベイビーと子育て狂想曲

雛宮さゆら

小説のネタ探しに公園に行った雪哉は偶然、大学時代の憧れの先輩に出会う。先輩・白狼は小さな子供を連れていて、一歳ちょっとの士狼はすぐに雪哉に懐いた。だが驚くことにブランコから転がり落ちて、泣く士狼の頭にはなんと三角の耳が!　白狼親子は狼人間の一族だというのだ。まだ幼くて不用意に耳を出してしまい、保育園に預けられない士狼の面倒をみることになった雪哉は──。

イラスト：椎名ミドリ